Gottesraub
und andere Geschichten

Gottesraub
und andere Geschichten

erzählt von Marei
herausgegeben von Gabriele Kuby

fe

1. Auflage 2015

Hauptstraße 22, 88353 Kißlegg
www.fe-medien.de

Lektorat:
Dr. Barbara von Wulffen

Gestaltung:
Manuel Kimmerle, Kißlegg

Fotos:
Gabriele Kuby (Cover, S. 13, S. 41), Barbara Nupnau (S. 21),
Josef Reiter (S. 30, S. 53, S. 61, S. 68, S. 149),E. Baumann (S. 51),
Dirk Tacke/istockphoto.com (S.22), Mikey_Man/istockphoto.com (S.78),
Picture-Alliance (S. 96, S. 115), soupstock/fotolia.com (S. 103)

ISBN 978-3-86357-144-3

Druck:
orthdruk, Bialystok (Polen)

Printed in EU

Sei mein Heute, sei mein Morgen,
Sei mein Gestern, das ich überwand.
Frag mich nicht nach meinen Sehnsuchtswegen,
Bin aus Deinem Mosaik ein Stein.
Wirst mich an die rechte Stelle legen,
Deinen Händen bette ich mich ein.

Edith Stein

Inhaltsverzeichnis

Meine Freundin Marei

Maria Elisabeth, genannt Marei, war ein Unikat. Wir sind alle Unikate, aber Marei war ein einzigartiges Unikat – wie ein Findling in der Landschaft oder wie ein Baum auf dem Hügel, in dem die Vögel nisten. Eine Bäuerin auf seelischem Duzfuß mit großen Dichtern, Komponisten und Malern – und auch mit den kleineren aus ihrer bayerischen Heimat – dem Chiemgau. Von ihnen wusste sie, wo sie gewohnt hatten, wann sie gestorben sind und auf welchem Friedhof sie lagen, kannte ihre Werke. Als ich sie einmal fragte: „Kennst du das Geistertrio von Beethoven?", antwortete sie nach kurzem Nachsinnen: „Das haben sie doch auf der Beerdigung von Karajan gespielt." Wir freuten uns an den selben Stellen in der Musik oder der Literatur, die ich ihr vorlas. Ihr Herz war voller Gebete und Gedichte – der Vorrat schien unerschöpflich. Auf dem Sterbebett im Frühjahr 2015, als keine Hoffnung mehr bestand für die Siebenundsiebzigjährige und sie kaum mehr sprechen konnte, hatte sie Rilke-Verse auf den Lippen:

Der Tod ist groß. Wir sind die Seinen
lachenden Munds. Wenn wir uns mitten
im Leben meinen, wagt er zu weinen
mitten in uns.

Ach, da wir Hilfe von Menschen
erharrten, stiegen Engel lautlos mit einem
Schritte hinüber über das liegende Herz.

Obwohl sie im letzten Jahr unter der Last körperlicher Schmerzen öfter geseufzt hatte: „Wann ist's denn endlich gar!" – das Leben, bat sie:

Gib mir noch eine kleine Weile Zeit und ich will die Dinge so wie keiner lieben.

Das Lesebuch in der Dorfschule hat Marei mit großen deutschen Dichtern bekannt gemacht. Es war das Fundament ihrer literarischen Interessen. Mit vierzehn Jahren kaufte sie sich die „Deutschen Lieder" von Heinrich Heine, weil ihr das „Hinterkünftige" so gut gefallen hat. Bald lernte sie beim Kühehüten Rilke-Gedichte auswendig. Immer wieder hat sie mich mit neuen Versen überrascht, die ihr als Zuspruch in konkreten Lebenssituationen einfielen.

Unsere Freundschaft begann kurz nach Erscheinen meines Buches *Mein Weg zu Maria – Von der Kraft lebendigen Glaubens* im Herbst 1998. Ich bekam eine Karte, darauf stand in kleiner, feiner Schrift:

Sehr geehrte, liebe Frau Kuby!
Selten hat jemand beeindruckender Zeugnis abgelegt für den Glauben und wie die Gnade Gottes in das Herz eines Menschen kommen kann.

Freundliche Grüße,
Maria Anger, Bauersfrau*

Es lag noch ein Foto von einer Plastik dabei, eine kleine Marienstatue von Marianne Lüdicke, eine Bildhauerin aus dem Chiemgau, mit der sie befreundet war. In ihrem Haus sah ich später, dass dies nicht das einzige Werk war, das die Künstlerin ihr geschenkt hatte.

Es kam öfter vor, dass sie Autoren ein paar anerkennende Zeilen schrieb – immer bekam sie eine persönliche Antwort, denn der Adressat spürte, dass diese Person das Werk erfasst hatte, das sie mit knappen Worten würdigte.

* *Nachname geändert*

Ich nahm Kontakt mit der Bäuerin auf, die in meiner Nähe wohnte, und bat, sie besuchen zu dürfen. Sie wehrte ab. Der Grund: Marei, die feinfühlige Ästhetin, litt darunter, dass sie übergewichtig geworden war, und wollte sich nicht sehen lassen. Ich konnte sie überreden, und sie empfing mich in ihrer Bauernstube mit Rotwein und Käse. Ein alter Bauernschrank, ein alter Sekretär, Bücher auf jedem freien Platz, Herrgottswinkel, Kunst an den Wänden, auf dem Leinentischtuch edles Porzellan, die kleine Marienstatue an einem Ehrenplatz.

Sehr bald erzählte sie mir vom größten Leid ihres Lebens: Das erste Töchterchen, eineinhalb Jahre alt, heiß geliebt von Vater und Mutter, wurde in der Küche verbrüht und starb eine Woche später. Man ließ die Mutter nicht zum Kind, so musste sie durch die Scheibe zusehen, wie die Ärmchen für immer nach hinten sanken. Niemals habe ich auch nur den Hauch eines Vorwurfs gehört gegen die eigene Mutter, der dies entsetzliche Unglück passiert war.

Tochter Maria Elisabeth, tödlich verunglückt mit eineinhalb Jahren

So begann unsere Freundschaft und dauerte bis zu ihrem letzten Atemzug am Herz-Mariä-Samstag, dem 7. Februar 2015.

Freundschaft war für Marei etwas überaus Kostbares, das man im Bewusstsein ihrer Zerbrechlichkeit hüten musste wie den eigenen Augapfel. Sie hatte große Freundschaften, die tiefste zu Benno Hettlage, dem Besitzer des gleichnamigen Textilkonzerns. Als Hausmädchen hatte sie in der Grünwalder Villa mit zwanzig Jahren angefangen und war zu seiner Seelenfreundin geworden. Sie hat ihn lebenslang gesiezt und bedauert, dass sie ihm niemals über die Hand gestrichen hat. Aber dass er sie geliebt hat, das wusste sie sicher, eine Liebe, die in beide Familien eingebettet war. 1986 war er ohne jedes Vorzeichen plötzlich tot. Zwei Jahre später wurde ihr die beste Freundin durch einen Autounfall entrissen, Gisela Schröder, Frau des Chefredakteurs der Süddeutschen Zeitung. Diese Schicksalsschläge führten nie dazu, dass sie mit ihrem Gott haderte, vielmehr gab ihr der Glaube die Kraft, sich dem Leben und den Menschen doch wieder zu öffnen.

Marienstatue von Marianne Lüdicke, 18 cm hoch.

Sie kannte das Leben von unten. Aus dieser Tiefe konnte sie unzähligen Menschen Verständnis, Mitgefühl und Trost schenken, konnte Traurige zum Lachen bringen – „Seelsorgstation Arxtham" nannte ein befreundeter Priester den Hof mit den vier liebevoll eingerichteten Gästewohnungen. Der Mann und die zwei erwachsenen Kinder betrieben die Milchwirtschaft. Marei war für die Feriengäste zuständig. Zu ihrem Geburtstag klingelte das Telefon zwei Tage lang ununterbrochen.

Was war das Geheimnis? Marei gab den Menschen das Gold, das alle

suchen: Angenommen werden, so wie man ist. Was immer die Menschen zu ihr hintrugen, es fiel in ein mitfühlendes Herz. Es gab keine Filter, die Menschen aussonderten wegen ihrer Überzeugungen, ihres Lebenswandels, ihres sozialen Standes, jahrelanger Beanspruchung in stundenlangen Telefongesprächen oder Kränkungen – davon erfuhren sie gar nichts. Verletzen konnte man Marei leicht, denn sie war überaus feinfühlig und unfähig, Grenzen zu ziehen. Alles, was sie erlebte, fühlte sie, alles was sie sagte, war mit dem Herzen gesprochen. Viele Menschen finden den Weg vom Verstand zum Herzen nicht. Marei vom Herzen zur Vernunft zu bringen, war, wenn es zwischen beiden einen Konflikt gab, aussichtslos.

Marei hatte ein phänomenales Gedächtnis, nichts schien zu verblassen mit der Zeit. Sie behielt mehr von meinem Leben als ich selbst, erinnerte sich und mich an Vorkommnisse und Menschen, von denen ich ihr vor Jahren erzählt hatte. Ein solches Gedächtnis macht einen Menschen reich, aber es bewahrt *alles* auf, das Gute und das schwer zu Verzeihende.

Marei war eine große Erzählerin, die die Menschen zum Lachen bringen konnte. Sie saß mit ihren Feriengästen in der Stube oder auf der Sommerbank, hörte ihnen ausdauernd zu und unterhielt sie mit ihren Geschichten: Wie das war hier auf dem Hof mit acht Geschwistern und Tanten und Oma und Nachbarn und Tieren vor dem Krieg und im Krieg und nach dem Krieg. Einige Geschichten hat sie selbst aufgeschrieben, viele hat sie mir erzählt. Um sie festzuhalten, verbrachten wir einmal vier Tage auf einer Berghütte.

Der Tod musste erst an der Tür stehen, bevor sie zustimmte, dass ich ihre Geschichten veröffentlichen durfte. Sie wolle nicht „am Pranger stehen", „Was sagen die Leute?" – diese Furcht aller Sesshaften, die mit ihren Nachbarn und Verwandten und den Leuten im Dorf auskommen müssen. Gewählte Ausdrücke sind immer die ihren. Marei war zweisprachig: Bayerisch und Hochdeutsch. Erzählt hat sie auf Bayerisch mit Vergnügen am treffsicheren Sprachwitz, was leider nur andeutungsweise in die Schrift zu bringen ist – auf Kosten hochdeutscher Schreibweise und Grammatik.

Es sind Geschichten für Jung und Alt aus einer Zeit, die vor Kurzem noch war und doch schon so fern ist – Geschichten zum Lachen und zum Weinen.

Gabriele Kuby
Rimsting im Juli 2015

1

Tod im Kindsbett

Die Mama, geboren 1906, war die Älteste von vier Geschwistern. Sie war sechs Jahre alt, als ihre Mutter mit 28 Jahren starb. Sie ist bei der Geburt des fünften Kindes verblutet. Wie die anderen Kinder ins Zimmer reingekommen sind, ist die Mutter schneeweiß dagelegen, hat das tote Kind im Arm gehabt, und neben der Bettstatt ist eine Lacke Blut runtergelaufen.

Gekümmert hat sich dann die Großmutter aus Teisenham. Nach dem Tod der Tochter ist sie fast jeden Tag nach Wimpersing gegangen.

Die Mägde wollten alle die Bäuerin werden. So lange sie sich noch Hoffnung machen konnten, waren sie mit den Kindern freundlich. Wenn aber der Vater zu erkennen gab, dass sie es nicht werden, dann war die Freundlichkeit vorbei, dann haben sie die Mädchen *beim Kampen geschopft* [beim Kämmen an den Haaren gerissen]. Die Kinder waren froh, wie es zwei Jahre

Die Mutter von Marei, die Älteste von fünfzehn Kindern

später geheißen hat, „Jetzt kriegen wir wieder eine Mutter". Es war die Katharina Koch von Kronberg.

Wie sie das erste Mal auf den Hof gekommen ist, sind ihr die Kinder bis zum Lindenbaum mit ausgebreiteten Armen entgegen gelaufen: *A Muatta kriagn ma! A Muatta kriagn ma!* Sie hat ein Spitztüterl mit Pfefferminzkugeln debei gehabt, die hat sie uns verteilt. Die achtjährige Maria hat nicht verstehen können, dass Tränen auf die Pfefferminzkugeln gefallen sind. „Ja, warum *reat* [weint] denn die?" Später, als die Mama zehn eigene Kinder hatte, wusste sie, wie das ist, wenn einem gleich vier Kinder entgegenlaufen. Katharina Koch, die Stiefmutter von der Mama, hat noch einmal elf Kinder gekriegt.

Unsere Mama hat oft gesagt: „Ihr wisst gar nicht, was das ist, wenn man von seiner eigenen Mutter aufgezogen wird."

2

Die Sippe

„Mutti" nennt man in der Regel die eigene Mutter, bei uns aber war's die Großmutter, die Mutter vom Papa. Am 30. Oktober 1880 wurde sie in Leidersbach in Unterfranken als ältestes Kind geboren. Sie hatte drei Geschwister. Mutti war auf die Namen Maria Elisabeth getauft. Schon früh verloren die vier Kinder ihre Mutter, und die Stiefmutter, die nun ins Haus kam, war nicht gut zu den Kindern. Ein sogenanntes „Muttergut", eine bestimmte Geldsumme, war den Kindern notariell gesichert worden.

Als junges Mädchen war Maria Elisabeth nach Steinbach bei Lohr am Main als Dienstmagd in die Bäckerei Hardt gekommen. Sie war ein hübsches, fleißiges, tief gläubiges Mädchen. Den Eltern, Michael und Margarethe

Hardt, war es sehr willkommen, dass ihr ältester Sohn Georg, geboren 1879, um sie warb. Im Jahr 1899 war die Hochzeit. Fleißig arbeitete Mutti in der kleinen Landwirtschaft und in der Bäckerei mit. Jede Woche kam sie in die nahe gelegene Wallfahrtskirche Maria Buchen, um Brot für die Wallfahrer zu liefern.

1902 bekam Mutti ihr erstes Kind. Aber der kleine Rudolf sollte diese Welt bald wieder verlassen. Mutti erzählte uns immer wieder unter Tränen, wie sie ihren kleinen Rudolf gesund schlafen gelegt hatte und am Morgen tot im Bettchen fand. „Plötzlichen Kindstod“ nennt man dieses Unglück heute.

Dann kamen 1904 Emilie, 1905 Helene, 1906 Ernst Michael (unser Papa), 1908 Rudolf, 1912 Ludwig und später – dann schon in Arxtham, Theresia und Hermann auf die Welt.

Unser Großvater, Georg Hardt, bekam eine bedrohliche Mehlstaub-allergie und musste sich nach einer anderen Tätigkeit umschauen. In der Zeitung fand er eine Annonce: Kloster St. Bonifaz in München bot einen Bauernhof im

Die geliebte Großmutter, genannt „Mutti“

Chiemgau zum Kauf an. Das Anwesen in Steinbach wurde verkauft und die ganze Familie übersiedelte im April 1912 nach Arxtham.

Unsere Mutti musste hier mit fünf kleinen Kindern, ihrem Mann und dem Schwiegervater eine Existenz aufbauen. Der Neubeginn in Arxtham war nicht leicht. Mit Argusaugen wurden die Neuen in Arxtham Nr. 3 beobachtet.

Die Gebäude waren alt, die Böden abgewirtschaftet, von dem kleinen Viehbestand fiel fast kein Dünger an. So griff der junge Bauer zur Möglichkeit des Gründüngers, was man in dieser Gegend noch nicht kannte. Aha, meinte ein Nachbar, da kann man also von einem so jungen Mann [Georg war 33 Jahre alt] auch etwas lernen. Mit großem Fleiß konnten Mutti und ihr Georg dann im Lauf der Jahre das Darlehen bei der Wasserburger Sparkasse abzahlen.

Der Dialekt ist im Spessart anders als im Chiemgau, da musste die Familie noch umlernen. Den Kindern fiel das nicht schwer. Als wieder Gras wuchs auf den Wiesen, mussten auch die Kinder schon kurz nach Tagesbeginn mit der Sense zum Mähen. Deshalb konnten sie im Sommer oft wochenlang nicht nach Höslwang zur Schule gehen. Wenn sie aber wieder da waren, sind sie die Gescheitesten gewesen.

Der Jüngste, der Hermann, der 1914 in Arxtham zur Welt gekommen ist, konnte schon mit 5 Jahren lesen. Der Pfarrer Greimel meinte, er sollte studieren, aber Vater Georg war dagegen. Alle Hardt-Buben waren begeisterte Schützen. Als sich Hermann mit einem fehlgeleiteten Schuss schwer am Bauch verletzte und der Arzt die Hoffnung auf sein Überleben schon aufgegeben hat, entschied Vater Georg: Wenn er durchkommt, unser Hermann, dann ist er uns ein zweites

Mal geschenkt und dann darf er auch studieren. Hermann kam durch, und der Herr Pfarrer Greimel gab ihm so guten Lateinunterricht, dass er zwei Klassen überspringen und mit der dritten Klasse im Erzbischöflichen Studiensemianr Traunstein beginnen durfte. In seinen Zeugnissen gab es nur „hervorragend". Als er dann schon im Priesterseminar in Freising war und die „niederen Weihen" hatte, musste er in den Zweiten Weltkrieg ziehen. 1943 fiel er auf der Krim und liegt in Kertsch begraben.

Als die Kinder erwachsen waren, wollte die Emilie, die Schwester vom Papa, heiraten, ein Bewerber war ernstlich gewillt, mit ihr eine Familie zu gründen, aber Vater Georg erlaubte es nicht. Sie ist ihres Lebens nicht mehr froh geworden und ist schon 1943 im Alter von 39 Jahren an Leberkrebs gestorben.

Onkel Hermann, Priesterseminarist, geb. 1914, gefallen 1943

Helene wollte so gern ins Kloster, auch das wurde nicht erlaubt, man brauchte die Arbeitskräfte auf dem Hof. Damals gehörten noch über hundert Tagwerk zum Hof.

Ernst, mein Vater, sollte der Bauer werden. Ihm wurde der Hof übergeben. Aber vierzig Tagwerk Grund wurden für die Geschwister wegverbrieft – eine schlimme Geschichte.

Mutti hatte die Stallarbeit, die Kinder, den großen Garten, in dem sie viel Gemüse und Teesorten anbaute. Im Backofen, der im *Zuhäusl* [Nebenhaus] eingebaut war, backte sie unser Brot aus dem eigenen Getreide. Den Weizen und Roggen brachte man nach Antwort in die Sieferingsche Kunstmühle zum mahlen.

Auch im hohen Alter machte sie sich noch überall nützlich. Sie war eine überaus gute, liebende Mutter, alle ihre Enkelkinder liebten sie, es waren vierzehn. Mehrmals sagte sie: „Ihr Leut, ich will euch was sagen, es gibt nichts Schlimmeres auf dieser Welt, als wenn eine Mutter einem Kind ins Grab nachschauen muss."

Sie musste fünf Kindern ins Grab nachschauen, bevor sie am Pfingstsonntag, den 10. Juni 1962, drei Tage nach einem Schlaganfall, im 82. Lebensjahr heimgehen durfte. Die Sterbesakramente bekam sie von Herrn Pfarrer Huber aus Höslwang. Wir waren alle am Sterbebett, auch Helene und Muttis Schwester, die Klosterfrau Maria Theresita. Es war ein seliger Heimgang.

10
11
12
1
2

3

Das „Geschenk"

Taschen- und Armbanduhren waren in meiner Kinderzeit Raritäten. Unser Großvater, der Wimpersinger Opa, hatte sogar eine goldene Taschenuhr an einer goldenen Kette mit zierlichen, geschnörkelten Ziffern. Ein edles Stück! Der Großvater war jahrelang bettlägrig. Auf seinem Nachtkästchen lag die Uhr, die besonders auf seine Enkel eine große Faszination ausübte.

Eines schönen Nachmittags besuchte Enkel Konrad den Großvater, erzählte ihm, was sich daheim alles zugetragen hatte, und verließ dann leise die Schlafkammer. Als er sich auf den Heimweg machte, rief er von draußen durchs Küchenfenster:

„Pfüat di Gott, Großmuatta,
und Vergelt's Gott!"

„Ja, Konrad, du brauchst doch nicht Vergelt's Gott sagen, wenn'st gar nix ‚kriegt hast", meinte die Großmutter.

„Doch, doch", beteuerte Konrad, „ich hab schon was dabei, ich hab's mir selber genommen."

„Zeig mal her!"

Widerwillig holte Konrad das aus eigenen Gnaden erhaltene Geschenk aus der Hosentasche. Es war Großvaters goldene Taschenuhr.

4

Die himmelblauen Zopferbandln

Alle nannten sie das Wimpersinger Marerl. Maria Kirchner hieß sie und war die Älteste der fünfzehn Geschwister, die in der Einöde Wimpersing aufgewachsen sind, eine halbe

Stunde zu Fuß von Arxtham. Nicht mit materiellem Wohlstand, aber mit Zufriedenheit für das Gegebene, mit viel Gebet und Geborgenheit wuchsen die fünfzehn Geschwister auf.

Das Marerl bekam mit achtzehn Jahren einen schweren Gelenkrheumatismus. Dr. Jäger aus Halfing behandelte sie. Er hatte wenig Hoffnung auf Heilung. Wenn in Höslwang die Totenglocke läutete, meinten die Leute: „Jetzt ist das Wimpersinger Marerl gestorben."

Ein guter Bekannter wusste um das Walburgis-Öl in Eichstätt. Aus den Gebeinen der heiligen Walburga floss in Friedenszeiten (nicht in Jahren, wenn in Deutschland Krieg geführt wurde) tautropfenähnliche Flüssigkeit. Diese wird bis heute von den Schwestern des Klosters in goldenen Schälchen gesammelt und in kleine Glasfläschchen gefüllt, bekannt als Walburgis-Öl. Wer in Nöten ist, kann an das Walburgis-Stift in Eichstätt schreiben und um die Zusendung einiger Fläschchen und das Gebet der Schwestern bitten. So geschah es auch in Wimpersing. Das Marerl bekam Hilfe zur Heilung des Gelenkrheumas.

Ein regelmäßiger Besucher war ihr Schulkamerad Ernst. Jeden Sonntag fand er sich in Wimpersing ein, brachte die ersten Schneeglöckchen, die ersten Veilchen, und zeigte ihr scheu seine Zuneigung.

Mit ihrem Bruder Sepp war der Ernst im Schützenverein. Das wechselseitige Vertrauen in die sichere Handhabung des Gewehrs ging so weit, dass sich Ernst und Sepp Äpfel vom Kopf schossen. Marerls kleinere Geschwister mochten den Ernst gern, und das kleine Nannei wusste: „*Wenns am Kalender rot ist, dann kimmt der Ernst.*“ Geduldig spitzte er die Griffel und Bleistifte von Marerls kleineren Geschwistern. Nur das Marerl konnte sich nicht entschließen, dem Ernst das Ja-Wort zu geben für ein gemeinsames Leben.

In Halfing war die Schwester vom Wimpersinger Vater mit dem Hansjörgl verheiratet. Kinder hatten die beiden nicht. Als die Tante Therese, genannt das Metzger-Basl, kränkelte, wurde Marerl nach Halfing beordert, um zu helfen. Da kam die Botschaft, dass der Ernst an einer schweren Lungenentzün-

Hochzeit der Eltern 1936

dung erkrankt sei und der Arzt das Schlimmste befürchte. Das Marerl wolle er nochmal sehen. So machten sich der Onkel und die Nichte auf zum Krankenbesuch. Auf dem Weg fragten sie sich: „Ob wir den Ernst wohl noch lebend antreffen werden?"

Beim Überqueren der Bernauer-Breit'n, der größten Wiese vom Ernst, blieb der Vetter Hansjörgl stehen, nahm's Marerl bei der Hand und sagte:

„Da schau her, so a große Wies'n und den ganzen Grund um's Haus umi, so a schön's Sach. Marerl, gell, das versprichst jetzt, wenn wir den Ernst noch lebend antreffen, dann heirat'st ihn."

Marerl versprach es, und so kam es dann, dass am 28. April 1936 der Ernst das Marerl zum Altar führte.

Als später einmal die Rede auf die Schulzeit kam, wusste der Ernst noch:

„Da sind wir nach der Schule einmal auf den Kirchturm hinauf bis zu den Glocken. Nicht alle haben sich da hinauf getraut – du schon, Marei, weißt' es noch? Himmelblaue Zopferbandln hast an deine schönen Zöpf g'habt."

„Du Narr", antwortete das Marerl, „meinst, ich weiß heut noch, was für Zopferbandl das gewesen sind?"

„O mei", hat der Ernst gesagt, „es gibt Sachen, die vergisst man nie."

5

Taufen und Nottaufe

Als die Älteste in der Familie kann ich mich zwar nicht an die Geburt und Taufe meiner Brüder Schorsch (1938) und Ernstl (1939) erinnern, wohl aber an die der restlichen sieben Geschwister: die Zwillinge Elisabeth und Theresia 1941, Walburga 1942, die

Zwillinge Hermann und Josef 1944, Rita 1947 und Irmengard 1950.

Getauft wurde schon am Tag nach der Geburt. Mit Pferden und Kutsche fuhren Papa, die Hebamme und die Taufpaten nach Stephanskirchen.

So rasch als möglich sollte das Neugeborene mit dem Siegel der Gotteskindschaft bezeichnet werden. Damals konnte die Mutter nicht bei der Taufe dabei sein.

Unsere Zwillingsmädchen Elisabeth und Theresia, geboren 1941, wurden zur Taufe in die mit Spitzen und Stickereien geschmückten Wickelkissen eingepackt. Darüber kam der Brautschleier von Mama, der im Glaskasten aufbewahrt gewesen ist – das weiße Kleid der Unschuld.

Nur unsere Schwester Rita bekam von Tante Helena die Nottaufe. Sie kam 1947 auf die Welt – es war eine sehr schwere Geburt – und verließ diese Welt gleich wieder. Es hat mir sehr weh getan, als das kleine Mädchen im weißen Särglein aufgebahrt war und dann am nächsten Tag in unserem Grab in Stephanskirchen beerdigt wurde.

Tante Helena mit drei Hardt-Töchtern

Bei Irmengards Taufe 1950 war ich schon 13 Jahre alt. Sie wurde von Pater Lucas Angermaier getauft, einem Cousin von Mama, der Benediktinerpater im Kloster St. Ottilien war. Er hatte einige Wochen vorher seine Primiz in Stephanskirchen gefeiert, und es war für den neugeweihten Priester die erste heilige Taufe. Viele Jahre später, im Herbst 1975 hat er Irmengard und ihren Robert getraut.

6

Die Binderin und das Krautfass

Bei jeder Geburt kam „die Binderin". In Sonnering, Pfarrei Höslwang, war sie daheim. Ein kleines landwirtschaftliches Anwesen nannte sie ihr eigen. Sie war die Hebamme. In Wimpersing, der Heimat unserer Mutter, musste sie gleich fünfzehn Kindern auf die Welt helfen.

Wir Kinder waren der Meinung, die Binderin ist schuld, wenn wieder ein Baby dazu kam. In einer großen Tasche brachte sie in regelmäßigen Abständen immer wieder ein Geschwisterl ins Haus. Also verabredeten wir uns untereinander, dass die Binderin künftig nicht mehr ins Haus darf:

„Wenn die wieder daher kommt, sperren wir die Haustür zu."

Bei der nächsten Gelegenheit stand sie im Regen vor der Tür und bettelte:

„Geht's weiter, lasst mich doch rein! Regnen tut's und friern tut's, ihr könnt mich doch nicht so draußen stehen lassen!"

„Nein, Binderin, du hast g'wiß wieder die Tasch'n dabei und nacher soll'n wir wieder *kindsen* [aufs Baby aufpassen]."

„Aber woher, diesmal hab ich keine

Tasche dabei. Ihr könnt's mich doch untersteh'n lassen, bis der Regen aufhört!

Als sich die verschworene Gesellschaft überzeugt hatte, dass die Binderin diesmal wirklich keine Tasche dabei hatte, wurde sie rein gelassen. Zur Sicherheit wurde alles durchsucht, aber die Tasche war nirgends. Beruhigt legte sich die Geschwisterschar schlafen.

Am nächsten Morgen kamen wieder die allzu bekannten Töne aus dem Elternschlafzimmer – das Geschrei eines Babys!

„Ja, was is' denn los? Hat die Binderin die Tasche doch dabei g'habt!

Das Verhör begann: „Binderin, wir haben überall gesucht, wo hast du denn die Tasche versteckt g'habt?"

Verschmitzt lächelnd gab sie Auskunft: „Hinterm Krautfass ist sie gewesen. Gell, da habt's nicht geschaut!"

Trotzdem hatten wir eine Mordsfreud, dass Mama, obwohl sie schon 45 Jahre alt war, noch ein Mädchen bekommen hat, das war am 1. September 1950. Unsere Tante ist mit einem Blumenstrauß gekommen und hat zur Mama gesagt:

„Ja, Mari, das ist ja dein allerschönstes Kind, so feine Lippen und dieses schöne Gesichtchen, da hast du ja mit deinem zehnten Kind das allerschönste zur Welt gebracht."

Die Irmengard war so ein liebes Kind, den ganzen Kopf voller blonder Locken, jeder hat sie gern gehabt. Jeder hat zur Irmengard gesagt, als sie noch klein war: „Irmengard, schläfst du heute bei mir?" Und zu jedem hat sie ja gesagt.

Am Abend kam sie dann zur Mama:

„Ach, Mama, jetzt wird's schon wieder finster, und ich habe jedem versprochen, dass ich bei ihm schlafe."

7

Woher Kälber und Kinder kommen

Auf dem Schulweg mit dreizehn, vierzehn Jahren hat man schon mal gefragt, wo die Kinder herkommen. Uns haben sie gesagt, dass die Kälber, die immer so nass waren, aus der Odelgrube [Güllegrube] heraus gezogen wurden. Wir durften nicht in den Stall, wenn ein Kalb geboren wurde. Gockl auf der Henne haben wir schon gesehen, aber Stier auf der Kuh nicht, da durften wir nicht in den Stall. Wenn sie Odel gefahren haben, dann habe ich immer geschaut, wo denn die Kälber sind.

In der Schule war eine, die hat beim Heimgehen immer erzählt, wo die Kinder herkommen. Aber das ist mir so zuwider gewesen, da bin ich ihr immer ausgewichen. Bei der Irmengard, der jüngsten Schwester, da habe ich gesehen, dass die Mama einen dicken Bauch gehabt hat, und dass dann das Kind geboren wurde und der Bauch danach nicht mehr dick war.

Aufgeklärt wurden wir nie. In der Schule hat ein Flüchtlingskind gesagt, sie hat es gesehen bei der Vertreibung, da ist das Kind aus dem Bauch herausgekommen, aus dem Nabel. Eine andere hat gesagt: Nein, sie hat beim Kälbern zugeschaut, das Kind kommt hinten bei der *Brunz* raus. Sie hat vom Abortfenster in den Stall rüber geschaut und hat es gesehen. Und sie hat gehört: So wie bei der Kuh kommen die Kinder auch bei der Frau unten raus.

Da hat man halt nicht gewusst, was stimmt. Fragen haben wir uns nicht getraut.

8

Ein Sargerl für den Ernstl

Der kleine Bruder Ernstl auf dem Totenbett

Der Ernstl war zweieinhalb Jahre jünger als ich. Schon als kleines Kind hat man gesehen: Der hat die Eigenschaften für einen Bauer. Er hat sich mit den Viechern überhaupt nicht gefürchtet. Wenn ihn der Schafhammel über den Haufen gerannt hat, dann ist er ihm einfach mit dem Stecken nachgelaufen. Er hat sich für Rösser interessiert und für die Küh – alle Interessen waren da, um ein Bauer zu werden.

Eines Tages ist er drei Stufen von der Stiege runtergefallen. Da hat er immer an den Buckel hingelangt und gesagt: „Weh, weh!" Dann wurde er mit dem Rotkreuzauto abgeholt und ist ins Krankenhaus gekommen.

An seinem Bett sind so Bänder runtergehangen, mit denen man die Vorhänge auf und zu ziehen konnte. Sofort hat er die Bandl genommen und ist mit den Rössern gefahren: „Muckl, los, los, Fuchs, hüh, hot, brrrr, brrr...." Er war im Krankenhaus die ganze Zeit mit den Rössern unterwegs.

Sie haben lange nicht herausgefunden, was er hat. Erst haben sie gemeint,

Spinale Kinderlähmung, weil es ihm hinten so weh getan hat. Dann hat der Arzt die Mama gefragt:

„Sagen Sie mal, wie kommt ein so kleines Kind an so viele Bakterien? Wie ist das möglich?"

Da hat die Mama gesagt: „Ich kann es mir nicht anders vorstellen, aber meine Schwägerin hat einen ganz offenen Fuß und hat dauernd das Kind im Bett gehabt."

Sie haben ihm nicht mehr helfen können.

Zum Sterben haben sie den Ernstl heim. Ich kann mich noch gut erinnern, wie die Mutti ganz verzweifelt mit dem Kind im Hausgang auf und ab gegangen ist, bis es dann gestorben ist.

Sie haben ihn weiß angezogen und ein Kranzerl aufgesetzt und haben ihn mit Blumen zugedeckt.

Die Mama war sehr tapfer, aber der Papa hat's gar nicht *dapackt*. Er hat so ein Tragerl zusammen gezimmert, auf dem haben wir das Sargerl nach Stephanskirchen getragen. Ich war fünf und der Ernstl zweieinhalb.

9

Das Himmelreich leidet Gewalt

Unsere Eltern hatten nicht nur unsere acht Kinder, sondern auch Kühe, Jungvieh, Kälbchen – die wurden damals noch an der Mutterkuh gesäugt – Pferde, Schweine, die Muttersau mit ihren Ferkeln, Hühner und Gänse. Die Kühe wurden von Hand gemolken. Leinsamen fürs Futter der Kälber wurde auf dem Küchenherd abgekocht, ebenso die Kartoffeln fürs Saufutter. Heißes Wasser gab es nur aus dem Wasserschaff vom Herd.

In der Küche wurde gefrühstückt.

Am Sonntag gab's heiße Milch und Hefezopf. Die Eltern sind am Sonntag eine Stunde früher aufgestanden, um die Tiere zu versorgen und die Milch für den Milchfahrer zum Abholen bereitzustellen. Dann die Mädchen kämmen, die Zöpfe flechten, schaun, dass alle ordentlich gewaschen und angezogen sind – der sonntägliche Kirchgang stand bevor.

„Hat jeder einen Straps?" schrie Papa in die Kinderrunde. [Strapse brauchte man, um die Strümpfe am Leiberl festzuknöpfen.] Mit der Schere hat er ein Stück von einem alten Autoreifenschlauch abgeschnitten, vier bis fünf Löcher mit der Lochzange hineingezwickt und dann an die Besteller verteilt.

Als Papa sich selbst fertig machte zum Kirchgang, schrie er meistens was vom verlorenen „Kragenknöpfl". Mama war für alle zuständig, trotzdem war sie selbst als erste fertig.

Gebetbücherl in die Hand, und die kleine Schar marschierte los, zuerst durch die Viehweide, vorbei an der Sandgrube, durchs *Holz* [Wald] auf dem sogenannten „Kirchweg" – Papa als erster, dazwischen wir Kinder, Mama mit dem Kleinsten am Schluss. Ganz außer Atem stürmten wir den Berg hinauf – endlich in Stephanskirchen! „Und wieder die berühmten fünf Minuten zu spät!", klagte der Vater. Es war eine große Strapaze für unsere Eltern, und für uns Kinder auch.

Später einmal sagte unser guter Expositus Johannes Baptist Hinterholzer:

„Wenn die Eltern mit der Kinderschar in die Kirche hereinkamen, hab' ich jedes Mal gedacht: Das Himmelreich leidet Gewalt."

Nach der Heiligen Messe besuchten wir noch das Familiengrab, sprengten Weihwasser, und Mama stellte die frischen Blumen aus dem Garten in die Vase aufs Grab. Auf dem Heimweg trafen wir Leute aus Rankham oder Pelham und gingen ein Stück zusammen. Der Heimweg durchs Holz, die Morgensonne zwischen den Bäumen – jetzt war es wirklich Sonntag.

10

Die Gamserl schwarz und braun

Der Schorsch und ich haben in den Kindergarten gehen müssen. In der Früh hat uns der *Millifahrer* mit dem Pferdewagen mitgenommen. Neben der großen Milchkanne hat die Mama eine Tasse warme Milch für ihn hingestellt und eine große Scheibe Brot, die hat er mitgenommen und hat sie in Endorf seiner Tochter gegeben.

Wir sind in Endorf ausgestiegen und sind in den Kindergarten. Die Endorfer Kinder waren viel *gewandter* als wir. Aber einer, der Sohn vom Friseur Lehmann, hat dem Schorsch sofort das Manterl ausgezogen und hat sich um ihn gekümmert. Das ganze Leben hat das gehalten, die haben sich einfach gut leiden können.

Die anderen Endorfer Kinder haben mittags heimgehen dürfen, aber wir zwei mussten dableiben. Wir wurden dann in so einen *Schupfen* [Schuppen] auf einen Liegestuhl gelegt und sollten schlafen. Als Mittagessen haben wir verbrannte Fingernudeln bekommen, die haben wir überhaupt nicht gemocht, und das Schlafen zweimal nicht. Dann haben sie immer kontrolliert, ob wir schlafen.

„Ihr schlaft's ja gar nicht!"

„Wir können nicht schlafen!"

„Warum nicht?"

„Weil da oben eine Fliege sitzt!"

„Das ist doch nur eine Ausrede! Wenn ihr das nächste Mal nicht schlaft, dann gibt's was!"

Da haben wir dann die Augen fest zugezwickt, wenn sie wieder *eini* kam.

Sie haben eine Schaukel gehabt und eine Rutschbahn. Bevor man runter rutschen durfte, musste man einen großen Löffel voll Lebertran schlucken. Der hat so grauslich geschmeckt, dass man sich das Rutschen wahrhaftig verdienen musste.

Das Heimgehen, vier Kilometer, war für so kleine Kinderfusserl schon recht weit! Wir haben ein bisserl gesungen, was wir halt so konnten:

Die Gamserl schwarz und braun, die san so liab zum Schaugn
Ja, wann'st oans schießen willst,
dann muasst de aufi traun.

Im Holz haben wir uns immer mal wieder auf einen Stein gesetzt, bis wir schließlich heimgekommen sind. Die Mama war schon im Stall zum Melken. Der Schorsch hat gleich die Heugabel genommen und den Kühen Gras hingeworfen und ich hab so getan, als ob ich melken würde.

Zwei Jahre lang mussten wir in den Kindergarten gehen. Die Eltern haben vielleicht gemeint, dass wir da was lernen. Dabei haben wir es so schön gehabt daheim. Unten am Bach gab es eine Mehlsandgrube. Wir haben das Wasser raufgetragen und damit Kuchen gebacken und Blumen zur Verzierung reingesteckt. Wir haben Löcher in den Sand gegraben, durch die man durchschlüpfen konnte.

Einmal wurden auch die Osternester da unten versteckt. Der Schorsch hat ein blaues Zuckerhaserl bekommen, ich ein rosarotes. Ein andermal gab es einen Pappendeckelhas, dem konnte man den Kopf abnehmen, und drin waren bunte Zuckereier. Süßigkeiten hat es unterm Krieg keine gegeben. In Endorf gab es die schöne Konditorei Batscheider mit einer geschliffenen Glastüre und Messinggriffen. So wunderbar wie der Laden war, so wenig war drin, ein paar rosarote Kokosbonbons, und die hat man nur mit Marken bekommen.

11

Das Kreuz ist zu klein

In Halfing hab ich mit der Mama die Bas [Cousine] besucht. Ich war ein kleines *Dirndl* [Mädchen] und saß da so am Küchentisch, da hat die Bas sofort gefragt, ob das Dirndl schon beten kann. Das war gleich die erste Frage.

„Ja freilich kann's Marei beten", hat die Mama gesagt.

„Und was kann's schon alles beten?"

„Das Vaterunser, das Jesukindl, den Schutzengel. Komm Marei, bet!"

Ich habe keine Anstalten gemacht und einfach nicht gebetet.

„Geh weiter, bet halt!", hat die Mama gedrängt.

Ich habe aber nicht gebetet. Das hat sich so zugespitzt, dass die Bas zur Mama gesagt hat:

„Ja Mari, die kann überhaupt nicht beten. Hast du dem Dirndl s' Beten nicht g'lernt?"

Da hat mich die Mama *dabarmt* [hatte Mitleid] und ich hab mich umgedreht zum Ofenrohr und dem Brett mit den Schüsseln und Haferln, die sind recht schön bunt, und da hab ich halt ein Vaterunser gesagt.

Darauf die Bas: „Ja, beten kann's. Aber warum schaut denn die nicht den Himmelvater an, der ist doch in der anderen Ecke?“ Da hab ich gesagt: *„Den schaug i ned o, der is mir z'kloa!“*

Das Kreuz war nicht so groß wie daheim, da wollte ich nicht beten!

12

In der Zwergschule

1943 bin ich in Höslwang in die Schule gekommen. Wir waren drei Jahrgänge in einer Klasse. Unsere Lehrerin war Fräulein Bindl. Als meine Mama einmal Fräulein Bindl traf, hat sie gefragt:

„Wie geht's denn mit'm Marei?“

„Nicht gut geht es!“

„Ja, warum denn? Ich habe gedacht, sie wär' ein aufgewecktes Dirndl.“

„Ja, das schon, aber eigensinnig ist sie.“

„Warum? Was tut sie denn?“

„Die sitzt drin und schaut herum, und wenn ich sage, sie sollen etwas schreiben, dann schreibt sie nicht. Und wenn ich sie frage, warum schreibst du denn nicht?, dann sagt sie: ‚Weil ich jetzt nicht mag.‘“ Dann sag ich: „Die anderen Kinder schreiben doch auch alle!“ Darauf sie: ‚Wegen denen schreib ich noch lange nicht!‘“

Am Anfang sind wir vom Pfarrer alle gefragt worden, wie wir heißen, wo wir herkommen, was die Eltern sind. Dann bin ich auch dran gekommen. Alle Kinder haben gesagt. „Mein Vater ist ein Bauer.“ Und zu mir hat der Pfarrer gesagt:

„Und dein Vater ist auch ein Bauer?“

„Nein!“ habe ich gesagt, „mein Vater ist ein Bauer und ein Jäger.“

„Und wie heißt du?“

„Maria Elisabeth Hardt.“

„Und deine Eltern?“

„Ernst und Maria Hardt.“

„Und deine Religion? Auch katholisch?“

„Nein, ich bin evangelisch.“

„Das weiß ich ja gar nicht. Evangelisch? Weißt du das genau?“

„Ja!“

„Aber deine Mutter ist doch aus Wimpersing. Die Kirchner Maria.“

„Ja.“

„Und dein Onkel, das ist doch der Hermann, der katholische Theologe.“

„Ja, das ist mein Onkel Hermann.“

„Dann bist du doch katholisch.“

„Nein“, habe ich gesagt, bin auch noch aufgestanden und habe steif und fest behauptet: „Ich bin evangelisch!“

Der Pfarrer war ratlos. Er sagte, er werde sich erkundigen.

Die Mama hat auch nicht gewusst, was ich da Narrisches gehabt hab.

Kirche von Höslwang, rechts daneben das Schulhaus

Aber ich weiß es genau. Die Mama hat uns schon ganz früh in die Kirche mitgenommen, und da sind wir beim Evangelium alle aufgestanden. Es wurde in deutscher Sprache vorgelesen. Das war so ein Ereignis für mich, das Aufstehen und das Evangelium verstehen – die Messe war ja damals noch auf Lateinisch – dass ich gemeint habe, ich sei evangelisch.

Dann kam die Adventszeit und der erste Schnee. Der Schulweg war sehr beschwerlich, vier Kilometer durch den Schnee, oft war in der Früh noch kein Schneepflug gefahren. Wir hatten keine dichten Schuhe, keine Skihose, man hat nur so Baumwollstrümpfe bis zu den Knien gehabt und ein Leiberl und Straps, da sind Knöpfe eingenäht gewesen. Der Körper ist eiskalt gewesen, wenn man durch die Schneewehen durch ist. Ganz abgekämpft waren wir, bis wir endlich in Höslwang angekommen sind. Mit den nassen Schuhen ist man dann die ganze Zeit in der Bank gesessen, wir durften sie

nicht ausziehen, und Hausschuh hat es noch keine gegeben.

Meine jüngeren Geschwister haben das Pech gehabt, dass sie den Lehrer Planer gekriegt haben. Der hat Bauernkinder nicht mögen, und uns schon erst recht nicht. Wir hatten den allerweitesten Schulweg von Arxtham bis Höslwang. Das ist wirklich ein unvorstellbarer Kampf gewesen, wie alles verweht gewesen ist, da hast *eini stampfen* müssen mit nackten Oberschenkeln, da ist alles oben rot gewesen, und wie froh waren wir, wie wir endlich in Höslwang am Berg oben gewesen sind, dann war es wieder drei oder fünf Minuten nach acht Uhr. Der Lehrer reißt die Tür auf und winkt uns mit dem Manterl herein, stellt uns vorne hin und sagt: „Da schaut sie euch wieder an, die Zuspätkommer!" Dann haben wir das Manterl draußen hinhängen dürfen, die nassen Schuhe mussten dran bleiben, und wir mussten uns hinknien neben dem Pult! Wir haben uns halt gar nicht wehren können.

Fräulein Bindl hat einen Adventskalender mit uns gemacht, da waren lauter Bildchen drin. Jeder, der was Gutes getan hat, durfte ein Türchen aufmachen. Der Kalender war gleich neben meinem Platz, und alle haben ein Türl aufmachen dürfen, nur ich nicht – erst am 20. Dezember! Drin war ein Apfel mit einem grünen Blatt. Von diesem Bildchen hinter dem Türchen hat es mir noch oft geträumt, als ich erwachsen war.

Fräulein Bindl hat viel mit uns gesungen. Was für eine Freude hat man gehabt, wenn man wieder ein neues Lied lernen durfte!

Wenn wir nicht mehr recht dabei waren, hat sie gesagt:

„Jetzt tut's eure Händ ein bisserl ausschütteln, und dann singen wir was und dann machen wir weiter."

Der Pfarrer Alfons Gebhard hat Religionsunterricht gegeben, den hat er sehr gut gemacht, aber er war so klein und schmächtig, da haben ihn die Buben gern *getratzt* [geärgert]. Mit dem Fließblatt haben sie Kugeln gemacht, in die Tinte getaucht und dem Pfarrer aufs Pult geschossen.

„Wer war das? Wer war das?"

Einer hat eine Radlglocke unten an seinen Platz montiert und hat unter dem Singen immer wieder geläutet, so bald der Pfarrer weggeschaut hat.

„Halt! Wer war das?"

„Wir wissen es nicht! Wir wissen es nicht!"

Mir persönlich ist das arg gewesen, wie sie den Pfarrer geärgert haben, weil er uns ja lauter schöne Sachen gelernt hat. Den Katechismus haben wir auswendig lernen müssen. Den wurden wir abgefragt. Die biblischen Geschichten waren mir am liebsten. Da waren so schöne bunte Bilder im Buch, man musste sie auch nicht auswendig lernen, sondern sie wurden vorgelesen.

Eines Tages hatte der Pfarrer ein spanisches Stöckerl dabei. Mein Gott, dann haben sie's noch schlimmer mit ihm getrieben!

Einmal ist ein Schwaiberl beim offenen Fenster rein geflogen.

Die Buben: „Ui, ui, ui!"

Der Pfarrer: „Laßt doch die Schwalbe!"

„Ui, ui, ui...."

„So lasst doch die Schwalbe Schwalbe sein!"

Dann steht einer auf und sagt: „Ui, jetzt fliegt sie ans Kreuz hin."

Pfarrer: „Das ist doch nicht so schlimm!"

Der Bub: „Wenn sie ihn aber anscheißt?"

Brüllendes Gelächter!

Ich hatte recht gute Noten. Lauter Zweier und im Singen einen Einser. In Religion hätten wir nie einen Einser gekriegt, weil wir nach Stephanskirchen gehört haben. Ein Dreier wäre nicht gegangen. Die Mama hat das Zeugnis angeschaut, da hat drinstehen können, was wollte, nur Religion hat sie interessiert.

Meine Banknachbarin konnte sehr gut zeichnen, ich überhaupt nicht. Da habe ich immer zwei Aufsätze geschrieben, einen für die Hilde und einen für mich, und sie hat für mich gezeichnet.

Eine hatten wir, die war ein bißl eine Dümmere. Da habe ich mir oft einen Spaß gemacht und habe ihr was Verkehrtes eingesagt. Besonders in Religion hat sie gar nichts gewusst, und was ich gesagt habe, hat sie alles geglaubt. Einmal hat der Lehrer gefragt:

Marei, dritte von links, mit Schulfreundinnen

„Wann feiern wir das Fest der Auferstehung des Heilandes?"

Ich habe ihr zugeflüstert: „Weihnachten."

Und sie: „Weihnachten!"

„Was?", hat der Pfarrer gesagt, „was hast du gesagt?"

Dann ich: „Ostern!"

Und sie: „Ostern!"

Der Pfarrer: „Ja, warum sagst du das denn nicht gleich?!"

Die Zilli war die Tochter vom Kirchenpfleger. Sie hat mir einmal hinten auf mein dunkles Schürzel [Kleid] mit einer grünen Kreide ein Gesicht drauf gemalt. Alle haben das Lachen angefangen.
Der Pfarrer hat natürlich gefragt: „Was ist denn da, was ist denn da?

Alle haben auf mich gedeutet.

Da hat die Zilli gesagt: „Sag's ja nicht, dass ich das gewesen bin. Da, du kriegst das Heiligenbildl, wenn du nix sagst."

Ich musste zum Pfarrer vor, der hat am Buckel das grüne Gesicht gesehen.

„Ja, du ungezogenes Mädchen, so was machst du in der Religionsstunde?!“

Ich habe gedacht, der wird doch *spannen*, dass ich mir kein Gesicht auf den Buckel zeichnen kann. Aber er hat's nicht gespannt. Dann hat er mir die einzigen Tatzen in meiner ganzen Schulzeit gegeben, drei rechts und drei links. Da habe ich gewusst, dass auch auf den Durchblick vom Pfarrer kein Verlass war.

Gesagt habe ich nichts, weil ich ja das Heiligenbildchen bekommen habe. Das war so ein durchsichtiges, das hat kaum einer gehabt.

Nach Fräulein Bindl haben wir den Lehrer Niggl gehabt. Der hat immer von der Jagd erzählt, was er alles geschossen hat. Wenn schönes Wetter war, dann hat er gesagt: „Kinder, wisst ihr was? Ich habe heute eine kleine Konferenz, ihr dürft früher heim gehen. Ach, wisst ihr was, ihr dürft gleich heimgehen, packt zusammen und geht nach Hause." Die Konferenz, die fand im Wald statt. Kaum waren wir vom Schulhaus draußen, hat er seinen Hut aufgesetzt, seine Joppe angezogen, das Gewehr umgehängt und los ging's auf die Jagd.

Wenn wir statt Schule im Sommer Wandertag hatten, sind wir alle aufgestanden und haben im Chor gesagt:

Der Himmel ist heiter,
das Wetter ist schön.
Wir bitten den Herrn Lehrer,
spazieren zu gehen.

Wir haben uns zwei und zwei an der Hand gehalten. So sind wir dann dahinmarschiert und haben gesungen.

Man muss schon sagen, mit unserer Schulbildung war's nicht weit her. Einer, der hat überhaupt nichts gekonnt. Er hat eine Hausaufgabe gemacht und ist ganz stolz zum Lehrer mit dem Heft. Der rief laut vor der Klasse: „Alles falsch!" und hat das Heft auf den Boden geschmissen. Am letzten Schultag hat er zu dem Buben gesagt: „Jetzt geh mal her und setz dich mit mir in die Bank rein. Jetzt probieren wir deinen Namen. Unterschreiben musst ja doch einmal, das probieren wir jetzt, damit du wenigstens deinen Namen schreiben kannst." Aus ihm ist ein ganz tüchtiger Bauer geworden.

13

Hitler, nix als Hitler

Wir haben in der Schule immer am Anfang gebetet, aber später wurde das verboten, da ist nur noch „Heil Hitler“ gesagt worden. Es musste dann auch das Kreuz abgehängt werden, und dann sind die Hitler und Himmler dort hingehängt worden, wo das Kreuz war.

Das Fräulein hat das Kreuz hinten in der Ecke aufgehängt und hat einen Blumenstock darunter gestellt. Jeden Tag am Anfang der Pause ist sie vom Pult an den Bänken vorbei gegangen und hat dem Blumenstock Wasser gegeben. Da habe ich mir gesagt: Die hält was aufs Kreuz, sonst würde sie nicht jeden Tag durch die Reihen gehen und den Blumenstock gießen.

Es gab eine Landkarte mit Stecknadeln. Da hieß es immer:

Unsere tapferen Helden sind schon so weit und so weit. Wir haben Birkenblätter fürs Winterhilfswerk gesammelt, sind ins Arxthamer Moos hinunter und haben ganze Säcke voll Schlüsselblumen gepflückt für unsere „tapferen Helden“. Wir haben gemeint, Wunder was der Hitler für ein wichtiger Mensch ist.

Im Lesebuch stand eine Geschichte vom Führer. In Berchtesgaden hat der einen Bauernhof gehabt, und jedes Jahr an seinem Geburtstag, am 20. April, durfte ihm ein deutsches Mädchen mit blonden Zöpfen einen Blumenstrauß überreichen. Da habe ich mir vorgestellt, dass ich das Dirndl wäre, das den Blumenstrauß überreichen darf. Aber Berchtesgaden war natürlich weit weg. Hitler, nix als Hitler.

Dann ist mir aufgefallen, dass jede Woche ein oder zweimal auf dem Friedhof ein Kreuz aus Birken

50
50

gestanden ist mit einem Stahlhelm darüber und einem Schild mit dem Namen und dem Ort, wo der gefallen ist, in Russland oder in Frankreich. Da haben die Leute so furchtbar *g'reat*, [geweint], und mir ist zum ersten Mal aufgegangen: So gut kann die Geschicht mit dem Hitler nicht sein, wenn die Leute auf dem Friedhof vor dem Birkenkreuz mit dem Stahlhelm so furchtbar weinen.

Die Allerärgste von unserer Gegend war die Gmelchin in Endorf. Bei der hat's Uhren und Schmuck gegeben. Sie ist dauernd vor der Tür gestanden und hat Heil Hitler gesagt, wenn die Leute vorbei sind, und hat jeden aufgeschrieben, der Grüß Gott gesagt hat. Unsere Mama hat von Haus aus den Hitler überhaupt nicht mögen. Einmal hat sie gesagt:

„Habt ihr's gehört? Während des Gottesdienstes besucht der die Gräber der tapferen Helden. Was hat denn der am Friedhof die Gräber der tapferen Helden zu besuchen, wenn Gottesdienst ist?! Da gehört er in die Kirch rein. Der braucht nicht so tun, als wenn er was glauben tät. Dem glaub ich gar nichts, der bringt uns alle ins Unglück."

Heil Hitler hat sie nie gesagt und zur Gmelchin recht frech: „Grüß Gott, Gmelchin!"

Darauf die Gmelchin: „So, das ist jetzt wiederholt vorgekommen. Noch einmal, wenn du nicht den deutschen Gruß sagst, dann sorg ich dafür, dass du abgeholt wirst."

Die Mama ist dann halt auf die andere Straßenseite gegangen und hat zur Gmelchin gar nicht mehr rüber geschaut.

Eine Schulklasse
im Jahre 1939

14

Das Kreuz im Rucksack

Der schönste Frühlingsmonat, der Mai, gehört der Muttergottes. Jeden Tag im Mai war in der Kirche am Abend eine Mai-Andacht vor ausgesetztem Allerheiligsten. Aus jeder Familie war eine Person anwesend. So viele schöne Marienlieder gibt es, und in einem Monat kamen alle dran. Am Schluss wurde feierlich der Segen mit der Monstranz erteilt, den wollte man mit heimbringen.

Auch bei uns wurde ein Altar im Freien aufgebaut, mit Pfingstrosen geschmückt, davor ein Betschemel gestellt – und schon war die Kapelle fertig.

Alljährliche Wallfahrt nach Maria Eck

Unsere Brüder waren alle Ministranten und konnten lateinische Gebete. Von klein auf haben wir daheim Heilige Messe gespielt. Ein weißes Leintuch war das Messgewand, ein Lehnstuhl die Kanzel. Die übriggebliebenen Oblaten von Weihnachten wurden als Hostien verteilt. Eine Zwiebel, an den grünen Trieben mit der Hand hin- und hergeschwenkt, war der Weihrauchkessel. Es war kein Verspotten heiliger Dinge, sondern der Versuch, die heilige Handlung nachzuvollziehen; die kannten wir gut, weil die Mama uns von klein auf in die Kirche mitgenommen hat.

Schon am Georgi-Tag, dem 23. April, gab es einen ersten Bittgang der Höslwanger nach Maria Eck [Wallfahrtsort über dem Chiemsee]. Von Endorf nach Bergen ist man mit dem Zug gefahren, und von Bergen haben wir dann den Kreuzweg hinauf gebetet. Beim Hitler wurden die Bittgänge nicht mehr gerne gesehen, es war verboten, ein

Kreuz vorauszutragen. Die Höslwanger haben ein Kreuz zerlegt und haben es mit dem Rucksack hinauf getragen. Bei jeder Kreuzwegstation wurde es zusammengeschraubt und danach wieder eingepackt. Sie sind dann mit ihrem Pilgerkreuz in Maria Eck in der Kirche eingezogen – das haben sie sich nicht nehmen lassen.

Der Mai ist die eigentliche Zeit für die Bittgänge. In Altötting und anderen Marienorten fanden sich besonders viele Wallfahrer ein – große Fußwallfahrten aus Regensburg,

München, Deggendorf zum Bitt- und Dankgebet in der Gnadenkapelle.

Am dritten Sonntag im Mai sammeln sich die Chiemgauer Trachtenvereine in Bergen und wandern betend den Berg hinauf nach Maria Eck. Weil das kleine Wallfahrtskirchlein gar nicht so viele Pilger fassen kann, wird der Gottesdienst im Freien gefeiert und mit Blasmusik und Volksgesang feierlich gestaltet – die Fahnenträger voraus und dann die verschiedenfarbigen Trachten.

Am „Schaufreitag" ging's durch Feld, Wald und Wiesen zum Felderumgang. Da wurde dem Rosenkranz noch ein Gesätz hinzugefügt: „. . .dass du die Früchte der Erde geben und erhalten wollest – wir bitten dich, erhöre uns."

„Da haben wir mal zwei Sträflinge niederjemacht."

15

Weiße Fahnen

In Rosenheim waren öfter Bombenangriffe, da klirrten auch unsere Stubenfenster noch. Auf dem Heimweg von der Schule mussten wir uns ein paar Mal in den Graben werfen, weil Fliegeralarm war.

Die Kriegszeiten waren auch für Bauern sehr schwer. Milch, Eier, Getreide, Vieh mussten abgeliefert werden. Ich kann mich erinnern, wie der Sigl Reitmeier aus Siegsdorf von Zeit zu Zeit durch den Stall ging und mit dem Stock auf eine Kuh zeigte oder auf ein Pferd und sagte: „Wird abgeholt!"

Einmal im Monat kam jemand, der die Milch von jeder Kuh gemessen hat, dann wurde festgelegt, wie viele Liter Milch abgegeben werden mussten.

Mehl wurde auch zugeteilt. Der Müller konnte oft nichts abgeben,

weil er angeblich nichts hatte. Häufig gab's am Abend Stichnudeln, dazu frisches Apfelkompott, im Winter *Kletzen* [getrocknete Birnen]. Mama hatte im Garten Salat, Gurken, Tomaten und viele, viele Blumen.

Mutti war recht beschlagen mit Tees, teils wilde, teils im Garten angebaut: Kamille, Salbei, Wermut, Johanniskraut, Hauhechel, Zinnkraut, Tausengüldenkraut und Ringelblume. Sie machte auch Salbe von den Ringelblumen.

Es wurden Zuckerrüben angebaut und daraus Sirup gemacht. Holunder gab es mit Äpfeln als Kompott, als Saft und als Gelee. Im Sommer gingen immer einige zum Schwammerlsuchen. Mama selbst ging auch gerne und nahm uns mit. Da gab es dann oft Schwammerlsuppe und Knödel.

Geschlachtet wurde auf Ostern und Weihnachten, manchmal auch an Kirchweih. Das bedeutete noch mehr Arbeit für Mama. Sie gab anderen, was sie irgendwie entbehren konnte.

Im Haus war es sehr beengt, aber draußen hatten wir viel Platz. Da, wo jetzt die Milchkammer ist, waren zwei Betten. Oben ist die Vorderkammer gewesen, da waren auch zwei Bettstätten; die Stubenkammer war über der Stube, da war ein Loch in der Decke, dass die Wärme rauf gestiegen ist zu den Ehebetten vom Papa und der Mama. Die Mama hat dort entbunden. Es stand auch noch eine Bettstatt darin, in der ein oder zwei Kinder geschlafen haben. Nur in der Stube und der Küche war geheizt. Dann gab es noch die Küchenkammer, durch die der Kamin von der Küche gegangen ist. Da war es ein bisschen überschlagen, da hat die Tante Helena geschlafen und die Oma, die Mutter vom Papa und von der Helena.

Es kamen auch noch Gefangene auf den Hof, zwei aus Jugoslawien, der Janko und der Milliditsch, und der Marcel aus Frankreich. Als er kam, war alles, was er am Leib hatte, zerfranst und zerrissen. Da hat ihm die Helena gleich seine Jacke geflickt und ihm Herzerl auf die Ellbogen genäht. „Mei', hat sie gesagt, „da, wo der Marcel jetzt gewesen ist, haben sie ja gar nicht auf ihn geschaut."

In einer Kammer ist ein Schloss angebracht worden, da hat der Bauer abends zusperren müssen, tags haben sie mitgearbeitet. Abends ist ein Posten mit dem Rad gekommen und hat geschaut, ob auch zugesperrt war. Unsere Gefangenen sind selbst gekommen und haben gesagt, der Posten kommt, es soll einer zusperren.

Einmal haben wir Hämmern und Nageln aus ihrer Kammer gehört, als würden sie die ganze Bude zerlegen. Am Heiligabend wurde dann das Geheimnis gelüftet: Ganz feierlich haben sie einen Betschemel für die Tante Helena hereingetragen, auf den man sich knien konnte, oben gepolstert mit dem Stoff von einer alten Joppe. Wenn der Krieg aus ist, müssen wir alle zu ihm kommen, sagte der Marcel, in seinen Weinberg bei Marseille.

In den letzten Kriegstagen kamen zwei Ausländer in Sträflingskleidung daher, ganz abgemagert, und baten um etwas zu essen. Sie bekamen Suppe, eine Tasse Milch und jeder eine dicke Scheibe vom eigenen Brot. Freundlich dankend machten sich die armen Männer auf den Weg nach Endorf. Kurze Zeit danach fielen im Endorfer Holz zwei Schüsse, und wenig später marschierten zwei SS-Soldaten durch den Hof. Auf die Frage, was es denn für eine Schießerei gegeben habe, sagten die SSler: „Da haben wir mal zwei Sträflinge niederjemacht."

Im Holz lagen die zwei, einer am Baum gelehnt, der andere am Boden, das Stück Brot noch in der Hand, das Mama ihnen mitgegeben hatte. Wir haben sie im Wald begraben, die Gräber mit großen Steinen eingefasst und ein hölzernes Kreuz darauf gestellt. Jahrzehnte später wurden die Überreste ausgegraben und in Endorf auf dem Friedhof bestattet.

Der 8. Mai 1945 war also der Tag, an dem der Krieg offiziell zu Ende war. Überall hingen die weißen Tücher vor den Häusern. Man hatte sich schnell damit abgefunden, dass die Amerikaner jetzt das Sagen hatten. Sie waren ja die „Befreier".

Es kamen zwei Panzer in unsere Richtung gefahren. Ich versteckte noch schnell das hölzerne Schmuckkastl mit dem Tiroler Adler vorne drauf im Heu und blieb selbst auch oben. Nach einiger Zeit kam die Entwarnung. Die Panzer waren abgebogen.

Bald darauf kamen amerikanische Soldaten in Uniform mit umgehängtem Gewehr zur Hausdurchsuchung. Ein alter Box-Fotoapparat war da, den nahmen sie mit. Oben im Speicher stand ein großer Schrank mit den Büchern und Sachen vom Onkel Hermann, der auf der Krim gefallen war. Da fanden sie eine Schachtel mit einer roten Mütze und dem Schulterband. Einer der Soldaten setzte die Mütze auf, hing sich das Band um und marschierte auf und ab. Die anderen lachten, und schon war die Angst vor diesen Eindringlingen wie weggeblasen.

Der Zahnarzt Keil war ein guter Zahnarzt und früher ein geachteter Endorfer Bürger. Er ist dann der Ortsgruppenleiter von Endorf geworden – ein ganz fanatischer. Beim Umsturz, wie die Amerikaner gekommen sind, haben sie ihn auf die Autohaube gesetzt, haben ihn ganz langsam durch Endorf gefahren, und jeder durfte ihn anspucken.

Es hat viele Leute gegeben, die waren nicht fürs Dritte Reich, aber sie haben sich nix sagen trau'n, und jetzt haben sie sich Luft gemacht. Man hat ihn dann irgendwo drei Tage in einem Getreidekasten eingesperrt, weil die Polen gesagt haben, sie bringen ihn um. Sie haben ihn in Sicherheit bringen müssen, bis die Luft rein war.

Nach und nach kamen die Soldaten wieder zurück in die Heimat, manche aus russischer Gefangenschaft. Sie hatten viel Schlimmes mitgemacht, waren abgemagert und zum Teil verwundet.

Geld war da, aber man bekam nichts dafür. Der Schwarzhandel blühte. Für Butter und Geselchtes [Geräuchertes] hätte man echte Teppiche, Schmuck und Bilder eintauschen können, und viele haben das ausgenützt. Nicht unsere Eltern. Die Mama hat jedem Hamsterer was gegeben.

16

Expositus Johannes Baptist Hinterholzer

Wir gehörten zur Expositur [Pfarrei ohne eigene Vermögensverwaltung] Stephanskirchen. Die neugotische Kirche steht auf einem Hügel inmitten der Hemhofer Seenplatte, ein stiller Ort mit Kirche, Pfarrhaus, Gasthaus beim Mesner und Schulhaus mit Lehrerwohnung. Unser Pfarrer war Johannes Baptist Hinterholzer. Er war erst dreißig Jahre alt, und es war sein zweiter Wirkungskreis seit seiner Primiz. Seine Schwester Lisbeth führte den Haushalt und pflegte den Garten.

Unsere Eltern Ernst und Maria Hardt waren im gleichen Alter wie der Pfarrer. Oft ist der Herr Expositus zu uns nach Arxtham gekommen, es war eine schöne Freundschaft entstanden. Mama besuchte nicht nur am Sonntag, sondern täglich die Heilige Messe in Stephanskirchen. Ihr Bruder – unser Onkel Gustl Kirchner – wurde dort Lehrer und zog mit Maria, seiner Frau, und Tochter Waltraud ins Schulhaus.

Das Jahr 1944 brachte für die ganze Expositur und vor allem für den jungen Priester Hinterholzer ein großes Unglück.

Am 16. November 1944 haben wir aus unserem Schulzimmerfenster in Höslwang plötzlich gesehen, dass der Stephanskirchner Kirchturm nicht mehr da war.

„Ah, geh, ihr spinnst ja", hat der Lehrer gesagt, „passt jetzt lieber auf, als zum Fenster rauszuschauen!"

„Jo, jo, der Kirchturm ist weg!"

Der Lehrer hat sofort alle in den Keller geschickt.

Wir sind eine Zeit lang unten gesessen, dann haben sie uns heimgeschickt. Daheim haben sie noch nichts gewusst.

Da ist der Schorsch mit dem Radl rüber gefahren, und wie er zurück gekommen ist, hat er gesagt:

„Bei der Uhr fehlt's nicht so weit, gerade die Zeiger sind herunter."

„Was für eine Uhr?"

„Ja, die Kirchturmuhr, die ist beim Mesner gelegen und die Zeiger sind herunter. Und der Turm ist auch nicht mehr da."

„Wo ist der Turm?"

„Der ist auf die Kirche gefallen. Die Kirche ist eingestürzt."

„Ja, um Gottes Himmels Willen!"

Am nächsten Tag hat man das alles gesehen, lauter Trichter und Zeitzünder. Das ganze Stephanskirchen – ein Trümmerfeld!

Sieben Bomben hat ein amerikanischer Flieger auf den Kirchturm abgeworfen. Es war die einzige Kirche der Erzdiözese München-Freising, die auf dem Land von den Fliegern zerstört worden ist. Man hat gedacht, das könnte vielleicht auf Eggstätt gemünzt gewesen sein, da haben sie bei der Firma Knott Kriegsmunition hergestellt, oder auf Schloss Hartmannsberg, weil das damals dem Bildhauer Thorak gehört hat. Er und der Breker waren die zwei gefragtesten Bildhauer beim Hitler, weil sie so monumentale Skulpturen gemacht haben – ganz im Sinne des Größenwahnsinnigen.

Was war geschehen?

Unsere Mama war wie jeden Tag in der Kirche in Stephanskirchen, im Sommer mit dem Rad, im Winter zu Fuß, das war eine halbe Stunde durchs Holz. Oft hat sie dem Pfarrer und dem Lehrer Milch gebracht oder was sie gerade gehabt hat.

Da ist unserem Pfarrer, dem Expositus Hinterholzer, beim Kommunionausteilen eine Hostie direkt aus der Hand gesprungen. Er hat die Kommunionbank aufgemacht, hat sich hingekniet, dreimal den Kopf bis zum Pflaster verneigt, hat die Kommunion aufgeklaubt, eine Kniebeuge gemacht und sie an den Altar getragen.

Am Nachmittag waren die Kinder zum Religionsunterricht in der Kirche, alle acht Klassen von Stephanskirchen und Hemhof. Damals war der Religionsunterricht in der Schule verboten. Durch dieses Ereignis, dass ihm die Kommunion runtergefallen ist, war er so beunruhigt, dass er plötzlich spürte, er muss die Kinder heimschicken.

„Wisst ihr was, Kinder, geht heim so schnell wie möglich, lauft's heim!"

Da sind die Bomben auch schon gefallen. Die letzten Kinder hat der Luftdruck noch umgerissen. Der Herr Pfarrer hat buchstäblich die Kinder gerettet.

Man konnte vom Wirt gegenüber durchs Fenster bis zum Hochaltar schauen. Und doch hat der Herr Expositus in der nächsten Früh in den Trümmern seine Messe gehalten wie immer. Die Leute standen um den Altar herum, der ist übriggeblieben. Der Hochaltar mit dem Tabernakel ist bis heute noch da. Das Kreuz vom Kirchturm lag auf den Stufen des Altars. Während dieser Messe sind noch Zeitzünder losgegangen. Und wieder ist kein Mensch verletzt worden!

Als kurz drauf *der Kriag aus wor'n is*, da hat man noch nicht recht gewusst, kommen die Amerikaner schon oder sind es doch noch unsere Soldaten. Die SS war ja überall gefürchtet, weil sie so brutal gewesen sind. In Götting bei Bad Aibling haben sie die weißen Fahnen zu früh raus gehängt. Da haben die SSler den Pfarrer und den Bürgermeister erschossen.

Schloss Hartmannsberg des Bildhauers Josef Thorak

Das wäre auch fast in Hemhof passiert. Da hing auch schon irgendwo die weiße Fahne draußen. Es hat geheißen, der Pfarrer und der Bürgermeister müssen um sieben Uhr in Hemhof sein, das haben die SSler gefordert. Die hätten sie erschießen wollen.

Der Thorak im Schloss Hartmannsberg hat das mitgekriegt. Er hat die ganzen SSler zu sich ins Schloss eingeladen und hat sie so mit Alkohol vollgepumpt, dass sie zu besoffen waren, um noch jemand erschießen zu können.

Der Pfarrer ist nach Stephanskirchen gegangen, hat die Hostien aus dem Tabernakel in seinen Rucksack getan, weil er Angst hatte, dass sie dann doch noch kommen.... man hat ja oft von Schändungen durch die SSler gehört. Wie's finster war, ist er durchs Holz bis nach Almertsham gegangen. Dort ist

er zu einer Bäuerin, die hat in den Hühnerstall einen Stuhl gestellt, und da ist er mit seinen Hostien die ganze Nacht drinnen gesessen. Im Morgengrauen ist er mit dem Rucksack voll Hostien wieder in die Kirche und hat sein Messopfer gefeiert. An diesem Tag war dann der Krieg wirklich zu Ende.

17

Alle helfen zusammen

Beim Wiederaufbau der Stephanskirchner Kirche hat die ganze Gemeinde zusammengeholfen. Erst wurden hinten Bretter hin genagelt, damit man sich überhaupt um den Altar hat aufhalten können.

16. November 1944: Bomben auf die Kirche von Stephanskirchen

Es war ja Winter. Ich war sieben Jahre alt. Es war undenkbar, dass man hinter die Kommunionbank in den Altarraum hätte gehen dürfen! Nur zur Kommunionbank, hinknien und die Kommunion empfangen. Und jetzt standen wir alle rundherum um den Altar! In dieser zerbombten Kirche das Messopfer feiern – da war ein solches Zusammengehörigkeitsgefühl, das kann man sich gar nicht vorstellen.

Am Adventskranz brannte eine Kerze und wir haben gesungen:

Tauet Himmel den Gerechten, Wolken regnet ihn herab!
rief das Volk in bangen Nächten, dem Gott die Verheißung gab,/
einst den Hitler *selbst zu sehen/und zum Himmel einzugehen.*

Beim Heimgehen fragt die Tante Helena:
„Ja Marei, du hast ja so schön

mitgesungen, wer hat dir denn den Text gelernt? Sag ihn mal!"

„*...dem Gott die Verheißung gab, einst den* Hitler *selbst zu sehen...*"

„Ja, um Gottes Willen, Marei, *Mittler* heißt das! Einst den *Mittler* selbst zu sehen und zum Himmel einzugehen!"

Schau der Hitler ist ja schuld, dass die Kirch *z'sam g'haut is*."

Alle haben zusammengeholfen. Es war sehr schwierig, weil nur Pferde-Gespanne und Hände mit Schaufeln und Pickeln am Werk sein konnten. Baumaterial war nur auf Antrag und auch dann nur sehr schwer zu bekommen. Im ganzen Rosenheimer Landkreis wurde gebettelt um eine Spende für den Wiederaufbau.

Es hat ja keinen Kran gegeben, nur Schubkarren. Jeden Tag haben sich die Leute eingefunden und haben den ganzen Schutt weggeräumt und die Trichterlöcher wieder aufgefüllt. Schnell die Stallarbeit getan und sofort rüber nach Stephanskirchen!

Zuerst haben sie in der Kirche eine Notkirche aus Holz gebaut, die haben sie bemalt und Heiligenfiguren reingestellt. Die Notkirche war so schön, dass es jeden gereut hat, als sie wieder abgerissen werden musste. Für den Turm wurde ein Gerüst gebaut. Es sind immer zwölf Mann da gewesen, und wenn nur elf gekommen sind, hat der Pfarrer Hinterholzer den zwölften Mann gemacht.

Er hatte eine grünes Wanderer-Motorrad, mit dem ist er herumgefahren und hat gefragt, ob er Butter oder Schmalz oder sonst etwas kriegt, um es gegen Benzin einzutauschen für den Kirchenbau.

Das war so eine große Freude, wie die Kirche wieder eingeweiht worden ist, 1951. Dazu kam ein Prälat aus

München und es gab einen riesengroßen Festgottesdienst.

Die Schwester vom Herrn Expositus, Lisbeth hat sie geheißen, war die Pfarrhaushälterin in dem schönen Pfarrhof. Alles war so ordentlich und schön mit Blumenrabatten am Eingang, Dahlien, Pompon und Mombrezien. Und drinnen ist man so gerne gesehen gewesen. Wenn eine Sau abgestochen wurde, haben wir was rüber gebracht, und wir haben an Ostern von der Lisbeth ein großes Osterlamm mit Fahne bekommen.

Einmal kam der Pfarrer gerade zum rechten Zeitpunkt. Wir haben selber Butter gerührt, aber die Zentrifuge hatten wir abliefern müssen. Die Mama hat Schüsseln aufgestellt, der Rahm wurde abgeschöpft und in einem Steintopf gesammelt, bis endlich so viel beisammen war, dass man es hat ausrühren können. Das haben wir Kinder getan. Die Kleineren haben wir aufs Butterfass gesetzt, damit der Deckel hält, und wir haben gedreht, jeder fünfzig Mal. „. . .achtundvierzig, neunundvierzig, fünfzig – der Nächste!" Der Bub wurde runter gehoben, wir haben den Deckel aufgemacht und den Rahm runterg'schleckt. Das Ganze hat bestimmt eine Stunde gedauert.

Da ist es uns einmal passiert, dass beim Runterheben vom Buben das Rührfass umgefallen und der ganze Rahm über den Küchenboden gelaufen ist. Das war wie ein Weltuntergang. Da standen wir und wussten uns überhaupt keinen Rat.

Auf einmal klopft es, der Herr Pfarrer kommt herein und sieht das Schlamassel.

Da sagt einer:

„Gelegener hätten's überhaupt nicht kommen können, jetzt kann die Mama nicht schimpfen!"

Der Herr Pfarrer wollte gerne einmal bei einer Familie mit vielen Kindern Weihnachten feiern. Er hat die Geige dabei gehabt und wir haben *Stille Nacht* und *Ihr Kinderlein kommet* gesungen.

Da waren sie wieder, die Puppenküche und der Pferdewagen für den Schorsch. In der Puppenküche stand ein Ofen drin und ein Tisch mit einem kleinen weißen Teller und einer kleinen weißen Tasse, das war die ganze Einrichtung der Küche. Der Pferdewagen mit zwei Rössern, der ist mir riesengroß vorgekommen, aber er war nicht viel länger als zwanzig oder fünfundzwanzig Zentimeter. Ich habe mit Zucker und Brotbröseln auf dem Teller ein Mittagessen gekocht, und der Schorsch ist mit seinem Wagen und den Rössern gekommen und hat gegessen.

Ende Januar oder Februar, war die Puppenküche auf einmal verschwunden und auch die Rösser vom Schorsch waren nicht mehr zu finden. Wir haben uns gar nicht erklären können, wo die Sachen hingekommen sind. Am nächsten Weihnachten standen sie wieder unterm Christbaum, und wir hatten eine Mordsfreud, dass die Sachen endlich wieder da waren.

Die bunten Kerzen am Christbaum haben nur so lange brennen dürfen, bis wir mit dem Singen fertig waren. Dann sind sie sofort ausgelöscht worden, weil wir sie ja nächstes Jahr wieder gebraucht haben. Kaufen konnte man keine.

Wie die Kerzen ausgeblasen waren, hat der Herr Pfarrer gesagt: „Ich hab auch das Christkindl getroffen, und das hat mir was mitgegeben. Schaut's mal in den Hausgang draußen."

Da sind wir alle raus gestürmt, und da stand ein Schlitten! Wir selber hatten keinen. Das war eine riesige Weihnachtsfreude! Weihnachtsplätzchen und Kinderpunsch teilten wir mit unserem Gast und machten uns dann gemeinsam mit ihm auf den Weg durch den Wald – denn jetzt waren wir seine Gäste bei der Christmette. Damals begann die Krippenlegungsfeier um halb zwölf in der Nacht und um zwölf Uhr war dann das feierliche Messopfer. Spät in der Nacht kamen wir dann erst heim.

Zwei Jahre später, ich war dreizehn, hat es geheißen: Der Pfarrer hat sich freiwillig weg gemeldet. Freiwillig geht der von der Kirche weg und von uns? Das kann doch nicht sein! Ich war fassungslos. Später habe ich erfahren, warum: weil sie ihm Frauengeschichten nachgesagt haben!

18

Dampfdreschen

Obwohl man alles mit der Hand hat machen müssen, Heu zusammen rechen, Steine aufklauben, melken – ist doch so viel Zeit gewesen, dass nach dem Abendessen alle auf der Sommerbank gesessen sind. Da ist erzählt worden, was sich so am Tag ereignet hat, und gesungen worden. Jemand hat ein Instrument gehabt, eine diatonische Ziehharmonika oder eine Okarina, und hat das Lied gespielt: *Hoch droben auf dem Berg, gleich unter den funkelnden Sternen*, bis alle mitgesungen haben. Da saßen wir, bis die Sterne gekommen sind.

Mein allererstes Lied habe ich im Stall gelernt beim Melken mit der Helena:

Da steig ma aufi aufs Bergele
Da schaun'g ma abi ins Tal
Da siegst as nimma mehr,
dei liea'bs Dirndale
Ja, freili, as Herz tuad ma weh.
Und dann ein Jodler.

[Da steigen wir hinauf auf den Berg,
Da schauen wir hinab ins Tal,
Da siehst du sie nimmer,
dein liebes Mädchen,
Ja, freilich, das Herz tut mir weh.]

Damals wurde noch mit Dampf gedroschen. Da hat immer ein Bauer dem anderen geholfen, das konnte keiner allein machen. Der, dem der Dampfkessel gehört hat, hat auch den Kessel bedient.

Zwei hat man gebraucht, die aus dem Heustock die Garben auf den Dreschwagen geworfen haben, ein anderer hat oben auf dem Wagen die Garben aufgeschnitten, ein anderer hat sie in die Trommel der Maschine eingelassen. Hinten ist Stroh rausgekommen, das dann wieder zusammengebunden und mit der Gabel in den *Stock* [Scheune] geworfen und dort aufgerichtet worden ist. An der Seite ist die Spreu rausgekommen, die musste weggeräumt werden. Der *Droad* [Weizen], der herunterlief, wurde in Säcken aufgefangen, die an der Maschine festgespannt waren. Einer musste die Säcke in den Stock tragen und jedesmal mit der Kreide einen Strich an den Balken machen, damit man gewusst hat, wie viele es waren. Da standen die Zahlen von vielen Jahren. Das ganze Getreide wurde dann auf einen Haufen geschüttet und musste am Anfang öfter umgeschaufelt werden, damit es ja nicht warm geworden ist und zu brennen angefangen hat.

Die Leute, die geholfen haben, sind ganz gut bekocht worden. Wenn alles fertig war, bevor der Dampfkessel zum nächsten Bauern gefahren wurde, gab es am Abend die *Drischlegg.* Da ist nochmal üppig gekocht worden, Bier haben sie so viel bekommen, wie sie wollten, und eine Mordsgaudi hat's gegeben. Die Buben haben die Mädchen mit Ruß eingeschmiert oder ihnen Wasser in den Ärmel geschüttet. Einmal haben die Almertshamer den Riederer Hans in einen alten Kinderwagen mit hohen Rädern und einem kleinen Dach gelegt, und zum

Spielen hingen vom Dach echte Mäuse und Frösche runter. Es gab jedenfalls immer was zum Lachen.

Daheim hat sich beim Tischgebet keiner hingesetzt, alle sind stehen geblieben, bis gebetet worden ist, vor und nach dem Essen und vor dem Schlafengehen wieder. Samstag hat es geheißen: Der Samstag gehört der Muttergottes. Da ist Rosenkranz gebetet worden. Deswegen gab es auch am Samstag nie eine Hochzeit. Die war immer am Montag oder am Dienstag.

Früher haben alle Männer, wenn es zwölf Uhr geläutet hat, auf dem Feld den Hut heruntergetan und den *Engel des Herrn* gebetet.

Am Lichtmesstag, am 2. Februar, und an Allerseelen, am 2. November, da hat es die bunten *Liamesskerzerl* gegeben, die wurden auf Holzscheiter gebappt und alle haben wir uns in der Stube hingekniet zum Rosenkranzbeten. Jeder hat geschaut, ob ein Kerzerl umfällt, und wenn dann gelacht worden ist, hat der Papa geschimpft.

Ausruhen am Sonntag.
Eltern mit Tochter auf
der Sommerbank

19

Gottesraub

Beim Erstkommunionunterricht hat der Pfarrer gesagt, wir sollten unser Herz mit Tugendblumen ausschmücken, damit der Allerhöchste zu uns kommt. Wenn wir unser Herz nicht mit Tugenden schmücken und doch zur Kommunion gehen, dann ist das „Gottesraub".

Wenn die Mama zweimal sagen muss: „Trag das Holz rein!", dann ist das keine Tugend mehr. Sofort das Gute tun, dann wird dein Herz ausgeschmückt und der Heiland kommt gerne.

Ich habe mir vorgestellt, wie das ausschaut, wenn ich innen drin so geschmückt bin, das waren so eine Art rosarote Pfingstrosen. Ich habe mir gewünscht, dass ich ganz ausgeschmückt bin mit diesen Tugendblumen.

In der Familie hat man sich sehr bemüht um einen weißen Stoff, damit ich auch ein weißes Gewand habe zur Erstkommunion. Das war 1946 äußerst schwierig. Kaufen konnte man keinen weißen Stoff. Da hat die Mama herumgefragt, wer aus Friedenszeiten noch ein Erstkommuniongewand hatte. Aus drei verschiedenen Weiß ist dann ein Erstkommunionkleid für mich gemacht worden. Für lange Ärmel hat es nicht gereicht.

Früher hatte die Mama immer einen Kerzenvorrat, einen ganzen Schubladen voll. Sie hat oft welche in der Kirche gestiftet in der schlechten Zeit, aber irgendwann war der Schubladen leer. Es waren so viele Leute im Haus damals, die evakuiert waren und was gebraucht haben. Auch von Mamas Aussteuer ist ziemlich viel verschwunden.

Viele haben Kerzen gehabt, die gerade nur zwanzig Zentimeter hoch waren, weil sie schon halb abgebrannt waren. Die Mama hat in Halfing beim Brunner noch eine richtige Kerze gekriegt. Die war zwar nicht geschmückt als Kommunionkerze, aber eine glatte weiße Kerze war damals schon was!

Die Kerze hat die Mama durchs Holz heim getragen, und da fällt sie über einen Stock und die Kerze ist abgebrochen. Gleich ist sie zurück zu den Kindergartenschwestern nach Endorf und hat gefragt. „Könnt ihr vielleicht die Kerze wieder zusammenbappen?"

Sie haben die Kerze mit grünem Wachs zusammengeklebt, das sollte so eine Art Bordüre sein. Darüber kam Asparagus und ein weißes Schleifchen. Die Schuhe waren grau, die gab's auf Bezugsschein – für alle dieselben.

Am Abend hat der Schorsch gesagt: „Mei, du kriegst was zu der Erstkommunion morgen, krieg ich da auch was?"

„Warum, was krieg ich denn?"

„Das darf ich dir nicht sagen!"
„Ja, was is denn?"
„Krieg ich was, wenn ich's dir sag?"
„Kriegst schon was, und was ist es?"
„Die Mama und die Helena, die haben einen so guten Teig gemacht, da hab ich schlecken dürfen, und das wird eine ‚Torte'. (Von einer Torte hatten wir noch nie etwas gehört.) Dann haben sie im Garten noch Erdbeerblätter und Erdbeerblüten geholt und die außen herum gerichtet und das kriegst du morgen. Gell, da krieg ich was?"

Schöne Haare sollte ich haben. Die Nachbarin, eine evakuierte Frau aus München, sagte:

„Kommst runter, dann dreh ich dir die Haare ein."

Mit Zuckerwasser und Zeitungspapier hat sie die Haare eingerollt. Am andern Tag in der Früh sollte ich zum Auskämmen kommen.

Marei, unglücklich über „Gottesraub"

Schrecklich, wie das ausgeschaut hat mit den zusammengeklebten Zuckerhaaren! Aber das Kranzerl ist dann irgendwie hinein gedrückt worden.

Der Willi, ihr Sohn, der auch Erstkommunion hatte, wollte unbedingt etwas trinken. Damals ist man vom Abend bis zur Kommunion nüchtern geblieben.

„Mama, ich hab so Durst, ich hab so Durst!"

Mutter: „Du weißt doch, du darfst nichts trinken."

Willi: „Ich halt's nicht aus, mich *dürscht's a so!*"

Dann hat die Frau Herner einen Schöpflöffel voll Wasser genommen und gesagt:

„So Willi, so viel ist drin. Du darfst dir den Mund ausspülen, aber so viel muss hinterher wieder drin sein im Schöpflöffel. Dass du ja nichts runter schluckst!"

Kommunionkinder mit Pfarrer Gebhard

Der Papa hat die Ross' eingespannt und wir sind mit der Kutsche auf Höslwang gefahren worden, der Willi und ich!

Es war alles recht feierlich, der Chor hat gesungen, da sind wir eingezogen, das haben wir ja oft geprobt.

Ich hatte große Bedenken, ob ich wirklich so geschmückt bin mit Tugenden, dass es nach dem Kommunionempfang ganz warm wird im Herzen, wie der Pfarrer gesagt hat, oder ob ich doch einen Gottesraub mache. Je näher es zum Kommunionempfang kam, um so *schiacha* [banger] ist mir geworden. Das, was ich aus dem Kommunionheftchen hätte vorlesen dürfen, hab ich gar nicht lesen können. Ich hab's meiner Nachbarin gegeben: „Lies du das Meine, *i ko ned.*"

Die Kerzen waren am rechten Seitenaltar auf Kerzenständer gesteckt worden. Da ist meine Kerze *vieri g'schnappt* und an der Stelle abgebro-

chen, wo sie mit Wachs zusammen geklebt war.

Jetzt ist alles aus gewesen. Das war ein Zeichen: Meine Kerze ist umgekippt, ich bin unwürdig. Da wollte ich gar nicht mehr vorgehn, Gottesraub mache ich keinen! Aber Mama und Papa sind da, die Mutti ist da, die Helena ist da, ja was denken sich denn die, wenn ich jetzt nicht zur Erstkommunion gehe, wo sie sich doch so bemüht haben alle miteinander um ein weißes Gewand.

Jetzt haben sie sogar noch eine Torte gebacken, und da geh ich nicht vor zur Kommunion? Also hab' ich *meinen ganzen Schneid* zusammengenommen und bin vor zur Kommunionbank.

Ich bin in die Bank zurück und hab' die ganze Zeit gewartet, dass es warm wird. Aber es wurde nichts warm. Das war für mich der Beweis: Also doch Gottesraub!

Nach der Kirche waren wir bei den Schwestern zum Frühstück eingeladen und da haben sie gefragt: „Warum schaust du denn gar a so drein, Marei?"

Zum Frühstück sollte jeder nach Möglichkeit ein Zuckerstückl mitbringen für den Kaffee. Wir haben es aus dem Taschentuch ausgewickelt und hergezeigt. Jeder bekam ein grünes, durchsichtiges Heiligenbildchen geschenkt.

Der Tag zu Hause wurde sehr festlich gestaltet. Die Frau Hörner hat für mich ein Sträußerl Maiglöckchen gehabt und die liebe gute Helena hat auch ein Geschenk gehabt. Sie hat ihre guten drei Silbermünzen für ein Kreuzerlkettchen eingetauscht. Aber das Kreuz war aus Blech und mit Silberbronze angestrichen. Das hab ich ein paarmal dran gehabt, da ist die ganze Silberbronze abgegangen.

20

Sünd' ist das keine

Jeder musste die Zehn Gebote können, da wurden wir abgefragt. Als wir endlich die Gebote gut konnten, wussten wir, um was es geht bei der Beichte.

Die Leute haben einem Angst gemacht vor der ersten Beichte: Da musst du eine eiserne Kette abbeißen. Da habe ich nach den Geboten immer gedacht: Und wann kommt jetzt das mit der Kette?

Wir mussten in der Kirche für die Erstkommunion proben, dass man eine Kniebeuge macht jedesmal, wenn man beim Hochaltar vorbeigeht, und beim Beichtstuhl.

Sobald man sich im Beichtstuhl hingekniet hat, hat man das Kreuzzeichen gemacht und gesagt: „In Demut und Reue bekenne ich meine Sünden. Ich will mich ernstlich bessern und bitte um Buße und Lossprechung."

Pfarrer: „Wie heißt du denn?"

„Maria Hardt."

„Und deine Eltern?"

„Ernst und Maria Hardt."

Dann wurden die Gebote abgefragt.

Pfarrer: „Erstes Gebot: Da wirst du nichts haben. S'Maral [die Mutter] wird dir's Beten schon gelernt haben! Ihr tut's doch jeden Tag beten, gell?

„Ja."

Zweites Gebot: Fluchen wirst du auch nicht, gell Marei? Das hätte deine Mama nicht erlaubt, dass die Kinder fluchen.

Drittes Gebot: den Sonntag heiligen, Sonn- und Feiertage. Bist auch immer in die Kirche gegangen, gell?

„Ja."

„Bist du mal zu spät gekommen?"

„Ja."

„Bist du erst nach der Opferung gekommen, Kind?"

„Nein."

„So spät darfst du nicht kommen, sonst ist das kein richtiger Sonntagsgottesdienst. Du musst schaun, dass du immer rechtzeitig da bist, allerspätestens vor der Opferung."

So hat er alle Gebote abgefragt und hat dann einen recht guten Zuspruch gegeben. Er hat seinen Beichtstuhl in der Sakristei gehabt und alle Kinder wollten immer bei ihm beichten.
Die für die Sakristei sind rechts angestanden und die für den Pfarrer Gebhard links. Rechts war eine ganz lange Schlange und links nur ganz wenige. Da hat der Pfarrer Gebhard seinen Beichtstuhl aufgemacht und gerufen:

„Geht halt zu mir auch jemand, ich bin doch auch ein Priester!“

Mir hat er leid getan, aber ich bin trotzdem zum Pfarrer Greiml.

1947 gab es eine Wasserknappheit, nirgends ist Wasser gelaufen, in der Schule nicht und beim Wirt in Höslwang war auch nichts zu haben. Ich hatte so Durst, da bin ich in die Kirche, dort steht ein großer Trog voll Weihwasser, davon hab ich getrunken.

Der Durst ist zwar weg gewesen, aber dafür hatte ich ein furchtbar schlechtes Gewissen.

Nach vier Wochen bin ich wieder zum Beichten, aber ich hab's mich nicht sagen trauen. Erst als Mission gewesen ist und fremde Pater da waren, da hab ich mir gedacht: Und jetzt beichtest du das, dass ich so Durst hatte und in der Kirche Weihwasser getrunken hab.

Der Pater fragte ganz besorgt: „Ja und? Bist du krank geworden?“

„Nein, krank bin ich nicht geworden, aber das Weihwasser hab ich halt getrunken.“

„Ja, das hättest du nicht dürfen!“

„Ja, ich weiß schon, darum beicht' ich es ja jetzt.“

„Nein“, sagte der Pater, „das hättest du nicht dürfen, da hättest du sehr krank werden können, Kind! Die Gefäße sind oft schmutzig, mit denen die Leute für die Gräber das Weihwasser holen, aber Sünd' ist das keine!“

21

Der Halfinger Markt

Die Kartoffelernte fiel in den Herbst und hier konnte man sich das Geld für den Halfinger Markt verdienen. Zwei Mark gab's fürs Kartoffelklauben an einem Nachmittag. Sogar fünf Mark für einen Zentner Eicheln, das aber dauerte mehrere Tage. Schließlich musste man ja immer warten, bis die Eicheln wieder heruntergefallen waren. Papa ging auf die Jagd und im Winter wurden die Eicheln an das Wild verfüttert.

Der Zahltag für die Aktivitäten von uns Kindern war nach dem Mittagessen am Kirchweih-Sonntag. Welch großes, lang ersehntes Vergnügen stand uns bevor: der berühmte Halfinger Markt. So traten wir also an und Papa hat jeden von uns befragt: „Wie viele Nachmittage hast du Kartoffelklauben geholfen? Hast du Eicheln auch gesammelt?
Wie viele denn? Was, zwei Zentner, da bist du aber recht fleißig gewesen!"

Marei mit ihren jüngeren Geschwistern

Mama und Papa machten sich mit uns Kindern auf den Weg. Wir hatten das *Kircheng'wand* anziehen dürfen. Damals gab es drei Kleider, ein Schulg'wand, das Werktagsg'wand und eben das Sonntagsg'wand. Ich kann mich nicht erinnern, dass ein Ereignis – außer Weihnachten und Ostern – von solcher Bedeutung gewesen ist wie der Halfinger Markt.

„Jetzt bin ich neugierig", sagte Papa, „wer das meiste Geld wieder heimbringt!" Die Eltern suchten einen Weg durch den Wald, wenn man den gleich fand, war es wirklich eine Abkürzung. Nach Stürzlham war schon das erste Hindernis – ein Wespennest.

Durch das aufgeregte Herumfuchteln begleiteten uns die Biester eine ganze Weile. Dann die nächste Aufregung: Mama glaubte, wir müssten uns mehr nach links richten, Papa schritt mit sicherem Schritt weiter rechts durch den Wald. Endlich wurde der Wald lichter und die Wiese kam zum Vorschein. Obendrein hörten wir nun schon die marktschreierischen Rufe vom Glückshafen, der hatte schon damals ein Mikrophon:

„Da wird wieder einer verschenkt! Da wird schon wieder einer verschleudert!"

Wir wussten genau, was für einer das war, der da verschleudert wurde: Ein riesengroßer Teddybär, und den ersehnten wir alle!

Nun sah man schon die Kirche und die Häuser von Halfing und da gab es kein Halten mehr. Den Berg hinuntergerannt, die kleinen Geschwister sind ein paar Mal hingefallen, sofort wieder aufgestanden und weitergerannt.

Vor dem Haus, in dem das Metzger-Basl wohnte, hielten wir an, denn das Basl hieß Theresia und hatte an diesem Tag ihren Namenstag. Auf unsere Gratulation legte sie Wert, und wir auch, denn jeder Gratulant bekam von ihr noch ein Fünfzigpfennigstück Marktgeld.

Die Schätze, die in den Buden aufgebaut und angeboten wurde konnten wir bestaunen, aber etwas kaufen, das musste wohl durchdacht sein.

Resi fand schon am ersten Standerl eine Puppe, die man aufziehen konnte und die dann mit Armen und Beinen zappelte.

Papa meinte: „Resli, lass dir Zeit, da kommt noch so viel, bis wir durch den ganzen Markt durch sind."

„Nein, nein, Papa, das weiß ich ganz genau, diese Puppe will ich und sonst nichts."

Als wir alles gesehen hatten und wieder zurück waren, sagte das Resei zu Papa: „Gell, i' hab recht g'habt, so eine Puppe, die zappeln kann, hatte nur das erste Marktstanderl."

Alle fanden etwas, ein Taschenmesser, eine Kapselbüchse, ein Bilderbuch, eine Schachtel mit Glasperlen. Ich hatte damals ein großes Vermögen von 18 DM. Davon kaufte ich einen grünen

Geldbeutel für eine Mark. Ich wollte diejenige sein, die das meiste Geld wieder heimbrachte und vom Papa gelobt wurde. Er hat aber gar nicht danach gefragt. Lange zog ich mit meinem Schatz, den 17 DM Marktgeld im grünen Geldbeutelchen, herum, bis ich ihn eines Tages verlor. Das hatte ich nun von meinem Ehrgeiz, beim Papa gut dastehen zu wollen!

22

Päckchen aus Amerika

Jeden Sonntag sind wir mit den Eltern auf Wimpersing gegangen. Wie der Vater von der Mama 75 Jahre alt geworden ist, das war in der schlechten Zeit, 1946 oder 47, da hat die Mama eine Torte gemacht und mit Kaffeebohnen 75 draufgeschrieben. Bevor sie angeschnitten wurde, hat die Großmutter die Kaffeebohnen mit der Pinzette von der Torte runtergenommen, hat sie in die Kaffeemühle getan und gemahlen. Wie sie den Kaffee serviert hat, hat sie gesagt:

„Da werd's schaun. A bissl kennt ma's, dass ein paar Bohnen drin sind."

Der eine Bruder, der nach Amerika ist, hat eine deutschstämmige Frau geheiratet, die Theresa. Sie hat allen Geschwistern ein Päckchen geschickt. Es ist unbeschreiblich, was das für uns war. Die Amerika-*Packln* waren die Sensation in unserer Kinderzeit, sogar aus dem Nachbardorf haben sie gefragt:

„Habt's wieder ein *Packl aus Amerika kriagt*? Was war denn drin? Resei, geh her, verzähl es uns. Und was war noch drin? Und was noch?"

Der Postbote hat das Paket mit dem Rad gebracht. Es war in ein weißes Kissen eingenäht, darauf stand mit schwarzen Buchstaben unsere Adresse. Ganz sorgfältig wurde es aufgemacht, weil man dann das Kissen wieder verwenden konnte, nachdem man es mehrmals gewaschen hatte. Der Postbote ist so lange dageblieben, bis es ausgepackt war, weil Zigaretten drin waren, die immer er gekriegt hat. Kaffee ist drin gewesen und Kakao und gebrauchte Schuhe und das erste Nylonhemd – Nylon hat kein Mensch gekannt. Es hat geheißen, das braucht man nur waschen und aufhängen und nicht mehr bügeln. Voll Freude ist natürlich das Nylonhemd bewundert worden.

Ich war die Älteste, der die Sachen schon gepasst haben. Ein rotes Kleid mit Stoffrosen in einer Farbe, die noch nie jemand gesehen hat, zwischen Rosarot und Pink. Mit dem bin ich mir schon *narrisch* schön vorgekommen. Ich hab es in die Kirche angezogen, dann hat es natürlich geheißen: Die ist heute in der Kirche daher gestiegen wie eine Prinzessin.

Es ist wirklich eine große Tat gewesen, dass diese Tante vierzehn Brüdern und Schwestern und Vater und Mutter Päckchen geschickt hat.

23

Quatember

Alle Freitage, alle Fasttage und alle Quatembertage wurden fest eingehalten.

„Gell“, hat mein Bruder Schorsch zur Mama gesagt, „einen Quatembertag übersiehst du nie!“

Die Quatembertage wurden jeweils am Mittwoch nach dem 1. Fastensonntag, nach Pfingsten, nach

Kreuzerhöhung und nach dem Fest der heiligen Lucia im Advent gefeiert. Das hat man sich mit dem Sprüchlein gemerkt:

Nach Ascher, Pfingsten, Kreuz, Luzei,
Mittwoch drauf Quatember sei.

Da hat es eine Fastenspeis gegeben, Bohnensuppe mit Knödel. Üppig ist sowieso nicht gekocht worden, Fleisch gab es nur selten. Aschermittwoch und Karfreitag sind ganz strenge Fastentage gewesen.

Am Aschermittwoch nach der Schule hat uns die Mama ins Pfarrhaus geschickt, um dort den *Schutzengel, Freund der Kinder* zu bezahlen – eine Zeitschrift, die wir gern gelesen haben.

Wir haben am Pfarrhof geläutet und nach einer Weile hat die Pfarrköchin aufgemacht in einer weißen gestärkten Schürze mit Rüschen und einer Platte in der Hand, Forelle Müllerinnen Art, mit kleinen Häufchen Erbsen und Gelberüben und Kartoffeln – alles wunderbar um den Fisch gerichtet.

„Müsst ein bisschen warten, ich muss dem Herrn noch das Essen bringen!"

Das war für mich ein Schock am Aschermittwoch. Grad der Pfarrer hat uns doch das Fasten so schmackhaft gemacht!

24

Vollkommene Reue

Pfarrer Gebhard hat uns vor den Ferien immer einen strengen Auftrag gegeben: „Wenn es jetzt so heiß ist in den Ferien und ihr geht im Pelhamersee zum Baden und ihr seht, dass ein Mitschüler am Ertrinken ist, dann müsst ihr sofort die vollkommene Reue hineinschreien. Wenn der am

Ertrinken ist, dann denkt der nicht mehr daran, aber in dem Moment, wo ihr hineinruft, hört er das, und das ist für seine Seligkeit ganz wichtig. Merkt euch das!“

Dieses Gebet haben wir gelernt zur Erweckung der vollkommenen Reue:

Dich liebt, o Gott, mein ganzes Herz
und dies ist mir der größte Schmerz,
dass ich betrübt dich, höchstes Gut.
O wasch mich rein durch Jesu Blut.
Nun mehr aber will ich lieben
dich, o Jesu, ganz allein,
will dich nimmer mehr betrüben,
ganz gewiss dein Eigen sein.

Wie wir da mal am Pelhamersee beim Baden waren, ist auf einmal ein *Bua* untergegangen beim Schwimmen. Ich hab mir gedacht, der *dasauft* jetzt, und hab ganz laut zu ihm ins Wasser geschrien:

Dich liebt, o Gott, mein ganzes Herz
und dies ist mir der größte Schmerz,
dass ich betrübt . . .

Und schon ist sein Kopf wieder aufgetaucht.

Da war ein Haufen Kinder. Die haben mich natürlich furchtbar ausgelacht und zwar so ausgelacht, dass ich nachher immer allein an eine andere Badestelle gegangen bin. Sobald die mich gesehen haben, haben sie im Chor geschrien:

Dich liebt, o Gott, mein ganzes Herz...

25

Die frommen Nachbarinnen

Oft ist die Mama am Abend mit meiner Schwester Resi zum Nachbarn rübergegangen zum Rosenkranzbeten. Das waren zwei Schwestern und ein Bruder. Die haben Kerzen angezündet und ein Muttergottesbild auf den Küchentisch gestellt.

Eines Tages haben die Schwestern von einer Wallfahrt nach Altötting eine Muttergottesstatue mitgebracht und haben gesagt: „Jetzt haben wir eine neue Muttergottes von Altötting heim und da haben wir uns gedacht, ihr schaut's es doch auch an beim Beten, dass ihr die Hälfte mitzahlt's."

„Ja", hat die Mama g'sagt, „freilich schaun wir sie auch an. Dann zahlen wir halt die Hälfte mit."

Den ganzen Dachboden haben sie voll Weihwasser gehabt als Vorsorge, wenn die finstern Tag kommen. Da haben wir alle recht Angst gehabt. Schon die Großmutter hat der Mama erzählt, es kommen mal drei finstere Tag und da darfst ja nicht beim Fenster rausschaun, sonst bist verloren.

Wenn's dann im Winter mal nicht so schnell hell geworden ist, hat sich jeder gefürchtet:

„Mei, heut ist es finster, ob heut die drei finstern Tag kommen?"

„Ich schau nicht raus, ich nicht!"

Irgendwann ist es halt wieder hell geworden.

Die Nachbarin hat zu meiner Schwester Resi gesagt:

„Wenn jetzt die drei finstern Tag kommen, dann gehn so viel Leut z'grund, aber die, wo Rosenkranz beten, die nicht. Du brauchst keine Angst haben. Du hast jeden Tag an Rosenkranz 'bet, dir passiert nix. Aber die andern allesamt, die gehen z'grund. Und schau Resl: Da stehn nacher die ganzen Häuser leer und du kannst dir eins aussuchen."

Darauf die Resi: „Und was tu ich mit dem Haus, wenn die ganzen Leut tot sind? Da brauch ich kein Haus nimmer."

Nachdem der Bruder einen Schlaganfall gehabt hat, hat er den Hof einem Neffen und dem seiner Frau übergeben.

Die zwei Schwestern haben ihrem Bruder acht Tagwerk Holz überschrieben, dafür haben's im Haus bleiben dürfen.

Mit dem Neffen, dem kleinen Seppi, sind's recht streng gewesen wegen dem Beten. Sie haben ihn am Tischbein angebunden und ein Tatzenstöckerl für den Buben parat gehabt. Sie haben gemeint:

„Ich glaub, für den Seppi wär's g'scheiter, wenn er sterben würd', weil er halt gar nicht beten will!"

Die junge Frau hat das nicht lange zugelassen. Sie hat gesagt:

„Wenn der Mann nicht zu dir halten tät, dann *warst verratzt mit dene Weiber*."

Wie der Bub vier oder fünf Jahr alt war, ist er rübergekommen und hat gesagt:

„Der Papa had g'sogt: Herrgott gibt's koan und Teifi gibt's koan. Des, was dir erarbeitest, und des was host, des bist!"

Weil sie nicht mehr so viel Kraft gehabt haben, mussten wir beim Kälberziehen helfen [die Kälber müssen notfalls bei der Geburt aus der Kuh herausgezogen werden]. Der Tierarzt hat die Stricke angebunden, dann ist es losgegangen. Die eine Schwester ist um's Weihwasser gelaufen, die andere hat gesagt:

„Und jetzt ziagt's fest o, und i bet, dass a Kraft habt's!"

Führerschein haben sie keinen gehabt. Jeden Sonntag sind sie alle drei dagestanden und sind mit dem Auto mit in die Kirche gefahren. Wir haben mit dem Radl fahren müssen. Am Jahresende hat dann die Nanni fünfzig Mark gebracht und hat gleich die Bestimmung kundgetan:

„Da habt's fünfzig Mark, die sind für's Kirchfahrn, des könnt's dann gleich bei Adveniat einlegen."

Sie haben immer ein Auge drauf gehabt, dass ja keine einen Minirock an hat. Meine Schwester Lisl hat heimlich einen Minirock angezogen und die Nachbarin hat's natürlich vom Küchenfenster aus gesehn.

Am nächsten Tag hat sie rüber geschrien: „Mari, die Lisl ist mit'm Minirock weg!"

„A geh, die hat doch gar keinen!"

„Freilich hat sie einen, ich hab's selber g'sehn!

Die Mama drauf: „Lisl, is des wahr? Hast du einen Minirock?"

Lisl kleinlaut: „Ja, woher weißt denn du das? Gewiss von der Lies. Die hat ihren Rüssel schon wieder heraus gehabt beim Fenster."

Unser Dirndl hat ein gehäkeltes G'wanderl gehabt, ein weißes mit einem blauen Unterrock und das passende, gehäkelte Höschen. Sie ist erst zwei Jahr alt gewesen. Sie hat in die Hose gebieselt und hat das Hoserl ausgezogen. Die Lies hat's gesehn und hat das Dirndl so gehaut, dass es ganz rot gewesen ist überall. Die hat laut geweint.

„Geh", hab ich gesagt, „so ein kleines Dirndl, da ist doch das G'wanderl drüber g'wesen."

„Ja, aber wenn a Bua daherkommen wär und hätt's ang'schaut? Das muss das Dirndl wissen!"

Da waren wir natürlich sehr verwundert, wie die junge Bäuerin in kurzen Hosen auf dem Traktor gesessen ist. Aber gesagt hat kein Mensch was. Auf einmal ist die Nachbarin dahergekommen und hat gesagt:

„Ihr werdet euch schon denken, dass die immer so ausgeschnittene Blusen und kurze Höserl an hat. Aber wisst's: Die verträgt die Hitze nicht!"

Unterm Krieg ist bei denen immer die Haustür zugesperrt gewesen und hinten ist der Hund an der Kette gelegen. Ein Hamsterer hat keine Chance gehabt. Es ist ihnen dann eine Drei-Zentner-Sau gestohlen worden in der Nacht. Der Mama ist nie was gestohlen worden, weil's vielleicht auch nix zum Stehlen gegeben hat.

26

Tante Anna und der Mairoser

Ein Onkel unserer Mutter hieß Bartholomäus, genannt der „Bartl", einer von zehn Geschwistern, die im Schneiderhaus in Teisenham geboren und aufgewachsen sind. Verheiratet war er mit Anna. Beide arbeiteten bei „Rupprechts Achterbahn" am Wiener Prater. Bartl war der Monteur, der die Bahn aufbauen und in Schuss halten musste. Anna verkaufte die Eintrittskarten und half den Fahrgästen nach der aufregenden Fahrt beim Aussteigen. So hatten die beiden ihr gutes Auskommen und lebten gerne die Saison über im schönen Wien – ein glückliches Paar.

Eines Tages kamen die Fahrgäste blutbespritzt an, und es dauerte nicht lange, bis sich die traurige Ursache aufklärte: Bartl war tödlich verunglückt. Für seine junge Frau Anna brach eine Welt zusammen und bis zu ihrem letzten Atemzug bewahrte sie das kurze Glück mit ihrem Bartl als Kostbarkeit im Herzen. Ihre Wohnung, nahe bei der alten Sendlinger Kirche in München, behielt sie lebenslang.

In den Jahren des Zweiten Weltkrieges besuchte uns die Tante Anna oft – die Lebensmittel waren in der Stadt knapp bemessen. Sie half ein bisschen im Haushalt, bügeln, Kartoffel schälen.

Wir Kinder, damals waren wir sieben, machten ihr, die selber keine Kinder hatte, oft zu viel Lärm. Da griff sie dann laut schimpfend ein und das hatten wir dick. Da passierte es dann, dass wir die Tante Anna, weil sie rechts die Schulter höher hatte als links, „die Bucklerte“ nannten. Natürlich durfte sie das nie zu hören bekommen. Nach Wochen ihres Aufenthaltes bei uns, zog es sie mit Gewalt wieder in ihre geliebte Münchner Stadt. „Der Kaffee geht euch aus, der Butter geht aus, die Hennen legen so schlecht, na, *da fahr i lieba wieder nei in mei Wohnung.*“ Wir Kinder waren darüber nicht unglücklich.

Jahre später besuchte Mama die Tante, die inzwischen einen pensionierten Eisenbahner geheiratet hatte. Eine „Vernunftehe“ könnte man diese sonderbare Verbindung nennen. Er wurde nur der „Mairoser“ genannt, den Vornamen haben wir nie erfahren. Obwohl die Wohnung nicht groß war, hatten Mairoser und Tante Anna getrennte Schlafzimmer. Als Mama Mairosers Schlafgemach besichtigen durfte, machte er sie gleich aufmerksam: „Schau her, ich hab an Weihwasserkesserl mit Weihwasser drin, von so heiligen Sachen will die Anna gar nix wissen.“ Sie sei außerdem sogar ein Mitglied beim Verbrennungsverein „Die Flamme“! Das war natürlich für Mama, die treue Katholikin, ein Schlag ins Gesicht. Da fehlte ihr jedes Verständnis, damals bedeutete das Kirchenausschluss, eine kirchliche Beerdigung war bei Verbrennung nicht möglich. Vor dem Frühstück ermahnte die Tante Anna die Mama: „Mari, lob ja den Kaffee nicht, der Mairoser kriegt an Malzkaffe." Wenn der Zug am Küchenfenster vorbeidonnerte, das sie dann eigens öffnete, wurden die echten Kaffeebohnen gemahlen.

27

Reif werden und rein bleiben

Die Firmung ist ein großes Ereignis. Diese zu spenden ist nur dem Bischof erlaubt. Den Heiligen Geist auf ein Menschenkind herunterflehen, wenn es erwachsen wird, ist von größter Bedeutung. „Reif werden und rein bleiben", hieß damals die Devise.

Wir wurden 1947 in Endorf gefirmt. Der Bischof Scharnagel wurde am Vorabend mit Glockengeläut festlich empfangen und in das mit Girlanden und Blumen geschmückte Gotteshaus geleitet. Überall weißgelbe Fähnchen. Die kleinen Kinder sollten vom Bischof gesegnet werden, was er freudig tat. Theresia Mayer, die Wirtin in Stephanskirchen, war meine Firmpatin. Sie hatte einen Kuchen in einer Hutschachtel dabei. Eine Armbanduhr bekam ich, das war in dieser Zeit eine Sensation. Nach sechs Wochen war sie schon kaputt. Ich hoffte aber, dass der Heilige Geist seitdem über mir war.

Damals hat es für die Jugendlichen, die mit der Schule fertig waren, noch die Christenlehre gegeben. Am Sonntag nach der Kirche gab es noch eine halbe oder ganze Stunde Christenlehre. Da wurde der Katechismus wiederholt. Einmal im Monat gab es Jugendgottesdienste mit Beichte und Kommunion, außerdem Jugendwallfahrten nach Tuntenhausen und Altötting, da haben alle gebeichtet. Einmal ist der Pfarrer aus dem Beichtstuhl gekommen und hat gesagt:

„Wir werden nicht fertig vor der Kommunion. Lasst doch nicht den ganzen Zug [der zehn Gebote] durchfahren, wenn nur in einem Waggon a bissl was drin ist."

Es gab die Zeitschrift *Die Blüte* für die Dirndl und *Der Pflug* für die Buben.

Einmal im Jahr gab es die große Jugendwallfahrt nach Altötting mit dem Motto: *Die Kirche ist das Herz des Dorfes.* Die hat drei Tage gedauert, man ist über Nacht dort geblieben. Es gab eine Lichterprozession um die Gnadenkapelle und in der Basilika wurde die ganze Nacht gebetet. Die Basilika war gesteckt voll. Bei den Fürbitten haben sie gesagt:

„Bewahre uns vor dem Götzen Motorrad. Wir bitten dich, erhöre uns."

Wir sollten Zettel ausfüllen und uns der Muttergottes weihen. Es hat geheißen, alle Zettel werden zu Füßen der Gnadenmutter niedergelegt.

Man hat versprochen, alle vier Wochen zur Beichte und zur Kommunion zu gehen, täglich den *Engel des Herrn* zu beten. Ich habe keinen gesehen, der den Zettel nicht unterschrieben hat. Man hat immer dran gedacht, dass man das einmal versprochen hat.

Unserer Lieben Frau von Altötting
Zum Dank

28

Wallfahrtsbeichte in Altötting

Es gab keinen Ort, der so erstrebenswert war wie Altötting. Als ich mit dreizehn Jahren, also im Juli 1950, ein eigenes Fahrrad bekam, natürlich kein neues, wagten meine Freundin, die Cilli Weiß, und ich, eine Reise nach Altötting.

Um halb fünf Uhr in der Früh, es fing gerade an, hell zu werden, startete ich und traf die Cilli in Almertsham. Den Weg wussten wir nicht genau, aber Altenmarkt an der Alz mit dem kleinen Wasserfall war uns ein Begriff. Danach kam Trostberg, eine kleine hübsche Stadt auf einem Hügel, erhöht die Kirche, die Straßen holpriges Kopfsteinpflaster. Ab hier gab es Wegweiser nach Garching und Altötting.

Der kleine Kilometerzähler am Fahrrad gab Auskunft: 68 Kilometer hatten wir gestrampelt, als die Kirchtürme der Stadtpfarrkirche sichtbar wurden und auch das Kleinod, die Gnadenkapelle. Diese vor allem war unser ersehntes Ziel. Ganz nahe am Kapellenplatz konnten wir im Hof des Gasthofs Scharnagl die Fahrräder abstellen. Dort war auch ein kleiner Brunnen mit fließendem Wasser. Ausgiebig stillten wir unseren Durst. Gegessen hatten wir noch nichts, weil es ja eine Wallfahrt war und wir vor Beichte und Kommunionempfang nüchtern sein wollten.

Zuerst haben wir das Gnadenbild begrüßt, die Muttergottes in der Gnadenkapelle. „Sie lächelt mich so freundlich an", dachte ich, „bestimmt weiß sie um den weiten Weg, den ich heute schon hinter mir habe, um

Rundgang der Gnadenkapelle in Altötting mit unzähligen Votivtäfelchen sie zu besuchen." Als nächstes wurde die Stadtpfarrkirche aufgesucht. Das große Tor mit Schnitzereien öffnete sich leicht, obwohl es so wuchtig ist. Zahlreiche Beichtstühle luden zum Empfang des Bußsakramentes ein, aber beichten konnten wir nicht, weil kein Beichtvater anwesend war. Wir entdeckten die große Uhr, auf der ein kleiner Sensenmann jede Sekunde mit der Sense zur *Mahd* ausholt; jedes Mal, so heißt es, stirbt irgendwo ein Mensch in der weiten Welt, wenn der *Tod von Eding* seine Sense schwingt.

Das nächste Ziel war die Kapuzinerkirche. Vor dem Eingang befindet sich der Bruder Konrad-Brunnen. Es ist der Brauch, dass man sich mit dem Wasser die Augen auswäscht, das soll vor Augenleiden schützen. In der Kirche liegt unter dem Opferaltar im gläsernen Sarg der mit Wachs überzogene heilige Bruder Konrad in Lebensgröße. Gerne verweilt man kniend, betend und bittend geraume Zeit bei ihm. Wir wussten, der hat auf dem Hof in Parzham selber noch die Hand am Pflug gehabt, und wie er dann hier bei den Kapuzinern Pförtner war, hat er für jeden ein gutes Wort gehabt.

Anschließend gingen wir zur großen Basilika. Die meisten Heiligen auf den Altarbildern und Statuen in den Seitenaltären kannten wir aus dem Heiligenlegenden-Buch von daheim. Endlich kam die Gelegenheit zu beichten: Aus einem der vielen Beichtstühle hing die violette Stola und über der mittleren Tür brannte ein kleines Lämpchen. Die Cilli und ich knieten in der Bank, um uns durch Gewissenserforschung und Reue vorzubereiten. Ich ging zuerst, um meine Sünden dem Pater zu bekennen. Er gab mir eine sehr strenge Belehrung, ein Rosenkranzg'satzl als Buße und versäumte nicht, mir noch ganz ungehalten zu sagen: *„So wenns't* *weiter machst, dann hoit di der Teifi!"* Ganz zerknirscht ging ich zurück in die Kirchenbank und betete die mir auferlegte Buße.

Inzwischen hatte auch die Cilli gebeichtet und kam weinend heraus. Sie kniete sich neben mich und fing ebenso an, den Rosenkranz zu beten.

„Was ist denn los?", fragte ich leise.

Sie antwortete: „Der Pater hat zu mir gesagt: *So wenns't weiter machst, hoit di der Teifi.*" Als Cilli hörte, dass auch mich der Teufel holen würde, fiel uns ein Stein vom Herzen.

Da begann auch schon die Heilige Messe und wir empfingen die Kommunion. Nun durften wir endlich etwas essen. Wir holten uns jeder eine Laugenbretzel beim Bäcker, die schmeckte wunderbar.

Noch einmal ein Besuch in der Gnadenkapelle.

„O meine Gebieterin, o meine Mutter, dir bringe ich mich ganz dar..."

Pfüat dich Gott vieltausendmal, heilige Maria, wir kommen bestimmt wieder einmal! Mit unseren Fahrrädern kamen wir spät am Abend gut daheim an. Sehr müde, aber froh.

29

Priesterbeschaffung

In den fünfziger Jahren überlegten sich die Eheleute Georg und Therese Förg aus Pelham am See, dass nun die besseren Jahre kommen werden und die Leute aus der Stadt womöglich die Ferien auf dem Land verbringen möchten. Das Bauholz war damals teuer und so wurde der zum Anwesen gehörende Wald eingeschlagen und mit dem Geld eine Pension gebaut.

Frau Therese war eine ausgezeichnete Köchin und ihr Mann, der Schorsch, kümmerte sich um die Landwirtschaft.

Rasch sprach es sich in den gehobenen Kreisen herum, wie schön man in Pelham den Urlaub verbringen kann. Die 1944 von Bomben zerstörte Kirche in Stephanskirchen war neu aufgebaut und wurde von den Pensionsgästen in Pelham gerne aufgesucht. Der sonntägliche Besuch der Heiligen Messe war ja damals noch selbstverständlich.

Nun kam der Herr Expositus in eine andere Pfarrei und Monate vergingen, ohne dass ein neuer Geistlicher berufen wurde. Mehrmals hatten die Pensionsbesitzer Georg und Therese Förg schriftlich beim Ordinariat in München angefragt, wann denn endlich die Einheimischen und die Gäste wieder in Stephanskirchen den Sonntagsgottesdienst mit einem neuen Pfarrherrn feiern könnten.

Es sei so eine kleine Pfarrgemeinde, hieß es, dass man zu warten habe, bis sich ein im Ruhestand befindlicher Priester meldet.

„So geht das nicht!", ereiferten sich die Förgs und machten sich mit der Bahn von Endorf aus auf den Weg nach München. Im Ordinariat wollten sie nun ganz energisch um einen Priester bitten, der jetzt endlich in der mit so viel Opfergeist neu aufgebauten Kirche das heilige Messopfer feiern wird und in dem schönen Pfarrhaus wohnen will.

Im Ordinariat angekommen, fragte man nach dem Begehr der beiden.

„Ich bin der Pensionsbesitzer Georg Förg aus Pelham am See und das ist meine Frau, das Resei. Wir möchten jetzt endlich einen neuen Pfarrer. Das Schreiben hat nichts geholfen und jetzt sind wir selber da."

„Sie wissen doch, dass wir keinen Priester haben für die kleine Gemeinde. Ich kann Sie anmelden zu einem Gespräch, aber sicher ist es nicht, dass man für Sie Zeit hat, es ist heute hier eine wichtige Konferenz."

„Frauen haben hier keinen Zutritt", stand an einem Schild an der Wand.

Die Förgs ließen sich nicht beirren, stiegen die Treppe hinauf und hörten, wie es hinter ihnen her rief:

„Halt, halt, die Frau darf da nicht hinauf!"

„Das werden wir ja sehen, ich bin der Pensionsbesitzer Georg Förg und das ist mei Resei und die geht mit!"

Keck drückten sie oben angekommen eine Türklinke und da saßen um einen sehr großen Tisch lauter geistliche Herren. Überrascht sahen sie das ländliche Paar in der Tür stehen, und wieder legte er los, dass er der Pensionsbesitzer Georg Förg aus Pellham am See sei und das Resei seine Frau. Sie seien um einen Pfarrer für Stephanskirchen da. Wieder die niederschmetternde Antwort, das sei nicht möglich, es werde im Amtsblatt gesucht, aber bis jetzt habe sich niemand gemeldet.

Da ergriff die Pensionsbesitzerin Resei das Wort:

„Geht halt von euch einer raus, sitzen ja genug da!"

Das Gelächter der geistlichen Herren verstummte nach der Ankündigung der beiden Pensionsbesitzer: „Jede Woch fahr'n wir jetzt zu euch ins Ordinariat rauf, bis ihr uns endlich einen raus schickt's, weil wir es nicht verantworten können, wenn unsere Pensionsgäste in keine Kirch kommen."

Der Erfolg der Reise blieb nicht aus. Kurzer Zeit später hatte Stephanskirchen einen neuen Hochwürden.

30

Tante Anna muss CSU wählen

Wir waren alle begeisterte CSU-Anhänger und vor allem Anhänger vom Franz Josef Strauß. Es stand wieder eine Wahl vor der Tür und man hat uns gesagt: Es kommt auf jede Stimme an. Wir haben gewusst, wir haben die Tante Anna in München, die wählt SPD. Diese Stimme wollten wir gewinnen, meine Geschwister und ich.

In München war sie nicht zu überreden, da haben wir sie eine Woche eingeladen. Papa und Mama haben ihr einiges gesagt, warum sie CSU wählen soll. Sie hat schön brav gesagt, dann wählt sie halt diesmal CSU, aber bloß, weil wir so auf sie *ei'gruckt san* [sie bedrängt haben]. Die Wahlunterlagen für die Briefwahl hatte sie dabei.

„Aber gell, Tante Anna, wir dürfen zuschauen!“

„Wieso? Beim Wählen darf niemand zuschauen.“

„Doch, wir möchten zuschauen, wenn du Briefwahl machst. Briefwahl haben wir noch nie gesehen.“

Dann kam sie auf einmal herunter mit dem zugeklebten Briefwahl-Couvert.

„Aber Tante Anna, warum hast uns denn nicht zuschauen lassen?“

Mir kam eine rettende Idee:

„Hast du die Siegelmarke drauf geklebt?“

„Nein!“

„Dann musst du aufmachen!“

Wir haben den Brief aufgedampft und erspäht: Natürlich hat sie SPD gewählt! Jetzt kam alles darauf an, dass dieser Wahlschein nicht in München eintrifft.

Tante Anna hat sich auf die Sommerbank rausgesetzt und hat auf den Postboten gewartet.

Wir waren ratlos. Da haben wir sie extra eine Woche von München rauskommen lassen. Sie kriegt alles gesagt, warum sie die CSU wählen muss, und trotzdem ist die so *verreckt* und wählt die SPD! Was machen wir jetzt? Da bleibt uns nur noch eins, den Postboten vorne an der Straße abfangen, dass er erst gar nicht zu uns kommt.

Als wir schon längst die Post in der Hand hatten, ist Tante Anna immer noch auf der Sommerbank gesessen und hat sich gewundert:

„Warum ist denn der Postbote nicht gekommen? Das ist mir schön langsam zu dumm. Der Brief muss heute noch weiter."

„Ja, Tante Anna, das wissen wir auch nicht. Aber wir fahr'n dir den Brief mit dem Radl auf die Post."

Tante Anna war einverstanden. Meine Schwester ist mit dem Radl ein paar Runden gefahren und wir haben die SPD-Stimme im Ofen genüsslich verbrannt. So konnten wir wenigstens eine Stimme für die Feinde der CSU verhindern.

31

Antonius Glöcklein und Süddeutsche Zeitung

Wir hatten viele Zeitschriften zu Hause. Wir waren ja ein ganzer Haufen Leute und am Sonntagnachmittag wurden die Zeitungen gelesen. Zuerst einmal die Rosenheimer Zeitung, Wendelstein hat die damals geheißen; dann hatten wir, ganz wichtig, Jahrzehnte lang die Münchener Kirchenzeitung, da haben wir gewusst, wie viele Primizianten ausgeweiht werden in Freising, wer heuer silbernes oder goldenes Priesterjubiläum hat, das ist immer drin gestanden, und was so los gewesen ist, Leserbriefe, Gesundheitstipps; außerdem den Altöttinger Liebfrauenboten, die Stadt Gottes vom Steyler Verlag, die Don Bosco Nachrichten und als Schulkinder die Schutzengel-Zeitung, Ewige Anbetung, Serafischer Kinderfreund und das Antonius-Glöcklein, das ist mir das allerliebste gewesen.

Meine Schwester Resi ist ihr Lebtag lang eine gescheite Person gewesen, also ist kein Weg daran vorbei gegangen, dass sie irgendwann die Süddeutsche Zeitung kauft. Darin haben wir Sachen gelesen, die waren nicht gerade CSU-freundlich, von denen wussten wir gar nichts. Wir haben dann dem CSU-Vorsitzenden Einiges vorgehalten.

„Ja, wer sagt denn das?"

„In der Zeitung ist es gestanden."

„In was für einer Zeitung?"

„In der Süddeutschen Zeitung."

„Ja, wie kommt ihr denn auf die Süddeutsche Zeitung?"

„Gekauft haben wir's."

Da hat er gesagt:

„Das hätte ich mir nicht gedacht, dass es bei euch schon so weit fehlt, dass ihr sogar die Süddeutsche Zeitung lest."

32

Ein Federl für's Jesuskind

„Bedankt euch immer mit einem Vergelt's Gott, denn jedes Vergelt's Gott ist ein Federl fürs Bett vom Jesuskind." Das war der wohlmeinende Rat vom

Gartner Marerl. Sie selbst hat in ihrem langen Leben gewiss so viel Gutes getan, dass es ein weiches, warmes Bettchen fürs Jesuskind geworden ist.

Menschen werden von ihren Mitmenschen unterschiedlich eingeschätzt – denn „Einem jeden Recht getan, ist eine Kunst, die niemand kann“, sagt schon das Sprichwort. Aber eine Ausnahme gab es hier in der Gegend, es ist die Maria Hagen, genannt das Gartner Marerl. Von Jung und Alt, von Arm und Reich, wurde sie gleichermaßen respektiert und geschätzt.

1912 wurde sie in München geboren, kam im Kindesalter zu ihren Verwandten nach Sonnering und ging in Höslwang zur Schule. Anschließend lernte sie Kochen und Haushaltsführung. Als ihre Verwandten den staatlichen Gartner-Hof an die nächste Generation übergaben, bauten sie sich in Oberhöslwang ein schmuckes Wohnhaus und nahmen das Marerl mit. Jeden Tag konnten die alten Leute nun die Heilige Messe besuchen und waren als Wohltäter für die Kirche hoch angesehen. Nach deren Ableben erbte Marerl das Haus mit dem großen Garten. Geheiratet hat sie nicht. Wo man heutzutage eine Dorfhelferin holen würde, da half damals das Marerl.

Auch als ich einst auf die Welt kam, es war gerade die Zeit der Getreideernte, war sie zu uns nach Arxtham gebeten worden als Ersatz für die Arbeitskraft der Wöchnerin. Später, als ich schon in die Schule ging und wir uns auf der Straße begegneten, wusste sie genau:

„Gell, du bist's Hardt Marei, du hast drei Siebener im Geburtsdatum, am 27. 7. 1937 bist du gebor'n. Mei, hat's da lang dauert, bis du gekommen bist. Grad wie ich ein Bündel Stroh durch'n Hof getragen hab, da hast endlich deinen ersten Schrei getan.“

Jahrzehntelang trug's Marerl die Münchner Kirchenzeitung und den Altöttinger Liebfrauenboten in die Abonnentenfamilien, auch sammelte sie für die Caritas. Deshalb war sie über alles bestens informiert und erfuhr, wenn jemand krank war. Eine aufmerksame Krankenbesucherin ist sie gewesen, die auch den Weg nach Rosenheim und Prien auf sich nahm und jedem Patienten eine frische Laugenbrezel und einen Blumenstrauß aus ihrem Garten mitbrachte.

Einmal kam ich am Faschingsdienstag zu ihr, da hatte sie wenig Zeit. Im blauen Admiralsanzug, auf dem Kopf den Dreispitzhut, war sie gerüstet, um die Kranken der Gemeinde zu besuchen. „Dann haben sogar die Kranken was zum Lachen, wenn sie mich im Faschingsaufzug sehen!"

Um die Jahreswende waren die G'satzl für den Lebendigen Rosenkranz zu ziehen [eine Gruppe verpflichtet sich zum Beten eines der fünfzehn Rosenkrangeheimnisse, genannt „Gesätz"] – ein besonderes Zeremoniell! Fünfzehn Bildchen hielt sie verdeckt in der Hand, und nun durfte eines gezogen werden. „Der von den Toten auferstanden ist" war nun mein Gesätz für das ganze nächste Jahr.

Alle brachten auch ein kleines Weihnachtspäckchen mit, das sie am Heiligen Abend in genau der Reihenfolge, wie sie die Geschenke bekommen hatte, öffnete.

Mit der Weihnachtskrippe, in der die Figuren nicht so recht zusammen passen wollten, hatte es eine besondere Bewandtnis. Jedes Jahr erzählte Marerl voll Freude, wie diese entstanden und Jahr um Jahr gewachsen ist:

„Die heilige Familie, die hab ich von der Mutter 'kriegt, den Engel und die Hirten vom Vater, der Onkel hat mir das Kamel, den Elefanten und die Schaferl g'schickt. Schau, und so schöne Schaferln!" Auch sie waren über die Jahre in unterschiedlicher Form und Größe dazugekommen.

Mit freudig geröteten Bäckchen überreichte mir Marerl das mir zugedachte Weihnachtsgeschenk: „Da wirst schaun, was ich für dich hab!" In einer Schachtel waren, mit buntem Band zusammengebunden, die Folgen eines Fortsetzungsromans, der im Altöttinger Liebfrauenboten erschienen ist. Ein Roman von Hans Ernst ist es gewesen und hat mir gut gefallen.

Einige Monate später besuchte ich Marerl nach der Heiligen Messe. Sie hatte aber schon Besuch. Der Rudi vom Nachbarhaus war da. „Er ist nicht ganz Recht," sagten die einen, „behindert" nannten ihn die anderen. Aber Marerl nahm den Rudi ernst und die zwei verstanden sich blendend. Gemeinsam heizten sie den eisernen Sesselofen an und bereiteten Tee aus den selbst gesammelten Kräutern. Rudi kletterte auf einen Hocker und holte seine Tasse aus dem Küchenschrank. Nur für ihn war sie bestimmt, darauf legte er Wert. Hinterher gingen die Zwei hinüber zum Friedhof, da gab es an einem heißen Tag viel zu gießen.

Die bunt bepflanzten Gräber rund um die Kirche verdienen zu Recht den Namen Gottesacker. Seit einigen Monaten liegt die Maria Hagen nun selber dort. Ihre gute Seele ist gewiss schon an jenem Ort, wo sie sehen darf, wie viele Federln sie in ihrem langen Leben fürs Bett vom Jesuskind zusammengebracht hat.

33

Dienstmädchen bei feinen Leuten

1951 bin ich aus der Schule gekommen, danach habe ich daheim mitgearbeitet.

Einen Beruf hätte ich gerne gelernt, aber Papa meinte, ich wüsste, wohin ich gehöre, nämlich in den Kuhstall und auf Wiesen und Felder. Unsere Eltern brauchten halt wirklich die Hilfe ihrer Kinder. Ein Jahr war ich in der landwirtschaftlichen Berufsschule in Rosenheim, da musste man hin. Später litt ich sehr daran, ohne Beruf im Leben zu stehen.

Aushelfen, hier drei Wochen oder dort vier Wochen, das ist schon gegangen. Dorfhelferin hat es damals noch keine gegeben. Wenn eine Frau entbunden hat, ist man erst mal zu uns gekommen – eine von uns fünf Mädchen hat man immer entbehren können.

In Antwort, dem Nachbardorf, hat die Gastwirtin Maria ihr sechstes Kind geboren. Da kam der Mann und hat gesagt, seine Frau müsse heute noch ins Krankenhaus, es sind fünf Kinder da und die alte Tante, er brauche sofort jemanden. Da bin ich halt gleich mitgegangen. Es waren noch 10 Kühe im Stall und Schweine und Kälber und eine Gaststätte und die Kinder.

Einmal hatten meine vier Schwestern und ich die Idee, auf Stellenanzeigen zu schreiben. Wir haben gewürfelt, wer auf welche schreibt. Wenn wir eine Antwort bekommen, dann schreiben wir sofort zurück, wir hätten schon was. Das hat bei den anderen gut funktioniert, bei mir kam es anders.

In München-Harlaching wurde eine Hausgehilfin gesucht. Da habe ich hingeschrieben. Kommen diese

Leute doch tatsächlich gleich selbst heraus nach Arxtham und fragen, wo denn die Maria wäre. Unsere Eltern haben von der ganzen Geschichte nichts gewusst. Die sei jetzt in Antwort im Gasthaus Mroczek. Dann sind sie dorthin gefahren. Er ein riesengroßes Mannsbild, sie eine schöne, große Frau, vornehm angezogen – da hast du auf den ersten Blick gesehen, denen kann man nicht erzählen, dass das nur ein Spaß war mit der Anzeige.

Da habe ich es anders probiert:

„Es ist halt so, ich kann überhaupt nicht kochen!"

Ja, das mache nichts, das lerne mir seine Frau schon!

„Ich war noch nie in der Stadt. . ."

Auf alles, was ich an Bedenken vorbrachte, hieß es nur:

„Nein, nein, das kriegen wir schon alles hin! Wir verlassen uns darauf, dass Sie kommen."

Das musste ich nun daheim sagen.

Da hat der Papa gesagt:

„Da hast du was Schönes geliefert! Das hilft jetzt nichts, da musst du hin und so lange bleiben, bis sie jemand Rechten gefunden haben."

Es war aber gar nicht die Rede davon, dass es bloß eine Übergangslösung sein sollte.

Die Nachbarin hat mir zwei Trägerschürzen genäht. Ich habe meine Tasche gepackt und bin von Endorf nach München mit dem Zug gefahren. Die Adresse und Telefonnummer haben sie mir aufgeschrieben, und welche Trambahn ich nehmen und wo ich aussteigen muss. Herr und Frau Teichmann in Harlaching.

Als Herr Teichmann bei uns draußen war und wollte, dass ich zu ihnen kommen soll, war er sehr freundlich. Als ich ihm jetzt Grüß Gott sagen wollte und die Hand hingestreckt habe, so wie ich das gelernt habe, hat er seine Hand weggezogen und gesagt:

„Ja, was wollen Sie denn, gehen Sie doch in Ihre Küche!“

Das war solch ein Schock, erst waren die so freundlich, und jetzt will er nicht einmal Grüß Gott sagen und schickt mich gleich in die Küche!

Sie hatten zwei Kinder, einen Buben mit fünf Jahren und ein Mädchen mit acht Jahren. Wenn man mit ihr unterwegs war, sind die Leute stehen geblieben und haben das Kind angeschaut, so schön war es. Der Bub hieß Georg und das Mädchen Marianne.

Am ersten Tag war ausgerechnet eine Nichte aus Mailand zu Besuch. Da hätte ich gleich am Abend Steak braten sollen. Die Steaks sind auf einem Brett gelegen, und ich bin da gestanden, arm und irr, hatte von einem Steak überhaupt noch nie etwas gehört. Dann kam Frau Teichmann in die Küche und wollte die fertigen Steaks holen. Die lagen aber noch roh auf dem Brett. „Ja, Sie haben ja die Steaks nicht gebraten, Sie Unglücksrabe!“, schrie sie.

„So geht das: Die Pfanne ganz heiß werden lassen und dann ganz stark anbraten von beiden Seiten, dann würzen.“

„Das hätt’ ich schon gemacht“, sagte ich, „wenn’s mir jemand gesagt hätt’.“

So schlimm sei das nicht, ich würde das schon alles lernen.

Ich musste in der Küche essen. Ich habe nicht gewusst, was ich angestellt habe, dass ich in der Küche allein essen muss. Denn bei uns haben alle, wer da auch war, miteinander am Tisch gegessen.

Verdient habe ich fünfzig Mark im Monat, das war sehr wenig, weil die Fahrkarte zum Nachhausefahren schon acht Mark gekostet hat.

Von meinem ersten Lohn, sagte die Frau Teichmann, würde sie jetzt einen Burdaschnitt und Stoff kaufen, und dann würden wir das zuschneiden und mir ein Dirndlkleid nähen und mit dem solle ich dann servieren.

Wir haben den Stoff nach Anleitung am Boden zugeschnitten und das Dirndl mit blaukariertem Rock, einem dunkelblauen Oberteil und einer kleingemusterten rosaroten Schürze genäht. Die weiße Bluse musste ich auch noch kaufen.

Wenn sie Besuch hatten, hab ich das Dirndl angezogen, ich habe die Esszimmertüre aufgemacht mit dem Tablett in der Hand, da hat der Herr Teichmann gesagt:

„Und das ist unsere Maria, eine Bauerntochter aus dem Chiemgau!"

Das hat mich so geärgert, ich hätte ihm das ganze Tablett samt dem Essen ins Gesicht schütten können. Ich habe serviert, wie ich es gelernt hatte, aber wer ich bin, das geht niemand etwas an, ob ich jetzt eine Bauerntochter aus dem Chiemgau bin oder sonst etwas, weil das überhaupt keine Rolle gespielt hat, wer ich bin, wenn ich das Essen hereintrage.

Wenn ich in der Nähe war oder wenn sie in die Küche kamen, haben sie die ganze Zeit ausländisch geredet, Italienisch oder Französisch, er hatte eine italienische Mutter, sie eine französische. Ich dachte, dann geht doch nicht herein, wenn ich nicht verstehen darf, was ihr redet, während ich hier kochen muss. Aber ich habe mich mit der Zeit daran gewöhnt.

Allmählich habe ich dann erfahren, wer die Teichmanns waren. Ihr Vater war ein Gründungsmitglied der Firma Osram, Rothbrunner hieß er. Frau Teichmann hat Innenarchitektur studiert, sie war in Wien im Gymnasium und hat dort ihren Mann, den Lenz Teichmann kennen gelernt. Durch ihren Vater ist er Prokurist bei Osram geworden. Er war aus Mailand und war mit Papst Pius XII. verwandt. Das waren alles schöne, gescheite Leute.

Zwei Nichten aus Italien, die Mima und die Line, kamen zu Besuch, die waren sehr nett zu mir und haben bald du gesagt. Sie haben gemerkt, dass ich die klassische Musik so gern mag, und sie sagten, am Sonntag Nachmittag kämen sie mit einem Plattenspieler zu mir ins Zimmer hinauf, dann hören wir uns das fünfte Klavierkonzert von Beethoven an mit dem Pianisten Backhaus. Und wirklich sind sie gekommen und wir hörten ganz andächtig das fünfte Klavierkonzert bei mir im Zimmer.

Eines schönen Tages sagte die Mima zu mir:

„Maria, heute sind der Onkel und die Tante eingeladen und da können wir heute das dritte Klavierkonzert im Wohnzimmer hören, der Plattenspieler ist ja viel besser."

Mir war das nicht ganz geheuer, aber sie war ja die Nichte.

Wie wir also ganz gemütlich im Wohnzimmer saßen und die Platte gerade aufgelegt hatten, da hörten wir auf einmal den Schlüssel in der Haustüre.

„Um Gottes Willen, Maria, der Onkel kommt zurück, was machen wir?"

„Ich sperre dich jetzt schnell im Wintergarten ein, du musst ganz still sein, und wenn der Onkel und die Tante im Bett sind, dann lasse ich dich wieder raus."

Da war so ein großer Rhododendronstrauch, als ein Blatt herunterfiel, zuckte ich zusammen, husten durfte ich auf keinen Fall, es war ziemlich kalt …

Endlich, um viertel nach zehn Uhr, gingen sie ins Bett, und Mima kam und ließ mich raus.

Spätestens da wurde mir klar: Hier ist man ein Mensch dritter Klasse.

Nach einem halben Jahr sagte Frau Teichmann einmal zu mir: „Also,

Maria, eines gefällt mir an Ihnen. Man kann mit Ihnen machen, was man will. Sie wissen trotzdem ganz genau, dass Sie auch jemand sind."

Wenn Besuch kam und ich ihnen die Türe geöffnet, die Mäntel abgenommen und sie ins Wohnzimmer geführt hatte, dann kam sie in die Küche und fragte:

„Maria, was halten Sie denn von dem Besuch, der gerade angekommen ist?"

Ich sagte: „Wieso, was soll ich davon halten? Ich kenne die doch gar nicht."

„Ja, aber Sie haben sich doch sicher gleich ein Bild gemacht."

„Mein Bild geht doch niemand etwas an", sagte ich.

„Doch, das möchte ich aber wissen."

Also habe ich es gesagt, was ich für einen Eindruck hatte. Dann hat sie gelacht und gesagt, es sei unglaublich, dass ich, so jung wie ich sei, die Menschen so gut einschätzen könnte.

Am Sonntag sind wir ins Anna-Kircherl beim Tierpark zum Gottesdienst gegangen. Das Filialkirchlein St. Anna ist zwar sehr schön, aber wir gehörten zur Pfarrei „Heilige Familie". Frau Teichmann ist nicht jeden Sonntag zur Kirche gegangen, aber jedes Mal ist sie zur Kommunion gegangen. Das hat mich ganz irr gemacht. Ich dachte mir, ja wie ist denn das möglich, dass sie letzten und vorletzten Sonntag nicht in der Kirche war und heute geht sie zur Kommunion, wie ist denn so etwas überhaupt möglich? Die hat halt eine andere katholische Einstellung gehabt als wir.

Sie hat mich zur Gruppenstunde für Jugendliche angemeldet. Da war auch eine Abendmesse. Ich bin mit dem Radl hinübergefahren, erst in die Kirche und danach in die Gruppenstunde für die Mädchen. Das hat mir, so entwurzelt wie ich hier war, sehr gut getan.

An Weihnachten durfte ich nicht heimfahren, weil Besuch kam, der Rothbrunner-Vater und seine Frau, und noch zwei Geschwister. Der Rothbrunner hat nie hier geschlafen, der stieg immer im Hotel Vierjahreszeiten ab. Seine Frau hat mir, wenn sie hier war, zehn Mark Trinkgeld gegeben. Das war enorm bei fünfzig Mark Lohn.

Ich war noch nie an Weihnachten nicht daheim gewesen. Es gab jede Menge vorzubereiten. Zum ersten Mal habe ich farbige Christbaumlichter gesehen, von Osram natürlich. Der Christbaum stand im Esszimmer, alle Geschenke lagen auf dem Flügel und um den Christbaum herum.

Ich bekam auch ein Weihnachtsgeschenk, aber das stand vor der Klotür, da hat sie einen Stuhl davor gestellt, und da lag ein Anorak und ein Nagel-Necessaire darauf. Über den Anorak und das Necessaire habe ich mich zwar sehr gefreut, aber es hat mich so gekränkt, dass es draußen vor der Türe auf einem Stuhl lag und nicht unter dem Christbaum, wo die Kerzen brannten und gesungen wurde.

Da kam sie raus und sagte: „Aber Maria, Sie müssen doch auch Weihnachten feiern!" Sie rückte in der Küche so ein Beistelltischchen vor, legte eine Papierserviette darauf, stellte eine kleine Kerze darauf und einen kleinen Teller mit Plätzchen.

Ich habe das Geschirr gespült, und als alles in der Küche fertig war, ist das ganze Elend über mich gekommen. Ich habe mich in meinem Zimmer aufs Bett geworfen und habe laut geweint.

34

Auf Stehplätzen

Mir hat es trotz allem sehr gut gefallen in München, weil ich ins Konzert und Theater gehen konnte. Angefangen habe ich mit dem Gärtnerplatztheater, da hat der Stehplatz 2,30 DM gekostet. Das Trambahngeld habe ich mir gespart und bin mit dem Fahrrad gefahren. Es war ein riesengroßes Vergnügen für mich, das ich mir leisten konnte.

Die erste Operette, die ich sah, war das „Schwarzwaldmädel", dann „Land des Lächelns". Ich hab durch die Bank alles angeschaut, was irgendwie möglich war, „Die lustige Witwe", „Zarewitsch" und „Wiener Blut", da kam meine Schwester Resi extra zu Besuch. Im Gärtnerplatztheater gab es einmal die Oper „Martha" von Friedrich von Flotow. Dafür habe ich von Teichmanns zum Geburtstag eine Karte bekommen, da konnte ich mich zum ersten Mal hinsetzen, ein Sitzplatz oben im Rang, der hat, glaub ich, 5,50 DM gekostet.

Münchner Gärtnerplatztheater

Meine Schwestern wollten einmal eine bestimmte Aufführung im Gärtnerplatztheater sehen, hatten aber nicht so viel Geld, da sind sie die achtzig Kilometer mit dem Fahrrad gefahren. Als sie endlich am Gärtnerplatztheater ankamen, wurde die Elisabeth vor Anstrengung ohnmächtig. Wir haben wirklich Einiges in Kauf genommen, damit wir dort dabei sein konnten.

Mich hat es dann eher ins Prinzregententheater gezogen. Dort sah ich „Othello", der Hans Hopf war dort ein wichtiger Sänger und Erika Köth, sie hat in der „Zauberflöte" die Königin der Nacht gesungen, der Fritz Wunderlich und Edith Mathis und der Hermann Prey.

Dann kamen die Münchener Festspiele, da hatte man immer sehr gute Dirigenten, das war damals der Keilberth, der Rudolf Hartmann, ein ganz guter Regisseur. Da hatten wir wunderbare Inszenierungen.

Mit 50 DM führte da kein Weg hin, aber es gab auch Stehplätze, die waren natürlich zuerst weg. Es gab einen Vorverkauf, da standen die Leute zwei Tage und zwei Nächte an. Alle zwei Stunden war Appell, da wurden die Namen aufgerufen, „Hier, hier!", wenn man beim Appell zweimal nicht anwesend war, wurde man von der Liste gestrichen. Da ist meine Schwester heraufgefahren und ist angestanden und dann wieder ich. Es gab so einen Schatz, der hat um ein Uhr nachts Tee verteilt. Um die Zeit gab's auch schon die neue Abendzeitung.

1963 wurde die Oper eröffnet, vorher

waren alle Opern im Prinzregententheater. In der Zwischenzeit war meine Schwester Elisabeth bei Max Greger Kindermädchen. Max Greger hat für das Opernhaus zwei Stühle gestiftet. So konnten wir wieder günstigere Karten bekommen wegen der beiden Stühle. Ferdinand Leitner war als Dirigent aus Bamberg hier.
Was hatten die damals für Leute!

Dann die Kammerspiele, Residenztheater, Herkulessaal, Kongresssaal im Deutschen Museum, überall mit dem Fahrrad hin, damit wir die dreißig Pfennig Trambahn sparen konnten.

Dann war natürlich der Karl Richter und der Bach-Chor in der Markuskirche, das ist das Allerschönste gewesen, wenn die im Herkulessaal sangen.
Sie führten einmal die Matthäus-Passion auf, das ist überhaupt nicht wiederholbar.

Während der Münchener Festspiele gab es einmal in Nymphenburg Freilichtspiele. Sie bauten in Nymphenburg die Rialto-Brücke nach und führten „Eine Nacht in Venedig" auf. Allein schon, wenn man zum Platz durch den Park gegangen ist und zum Überfluss der Mond noch oben gehangen ist – unglaublich! Im Marionettentheater in der Blumenstraße haben sie mit den Puppen „Die Kluge" von Carl Orff aufgeführt. Das war für mich eines vom Allerschönsten.

Viel später habe ich einmal an Carl Orff geschrieben. Wir hatten damals im alten Haus in der Küche einen rohen Holzboden, den man auf Knien mit der Wurzelbürste schrubben musste. Das ging am besten, wenn alle im Bett waren. Als alles sauber war und gut roch, hörte ich Radio, eine Stunde Musik von Mozart und Carl Orff. Da war ich so glückselig, dass ich eine Karte nahm und Carl Orff in Diessen am Ammersee schrieb:

„Soeben ging die Sendung im

Bayerischen Rundfunk mit Musik von Mozart und Carl Orff zu Ende. Dem Wolfgang Amadeus Mozart kann ich es nicht mehr sagen, wie viel mir seine Musik bedeutet, aber Ihnen, lieber Herr Professor Orff, möchte ich es damit gesagt haben."

Kurze Zeit später kam ein schönes Foto, das von Carl Orff unterschrieben war. Absender Carl Orff, Diessen am Ammersee. Dann ist zwei oder drei Wochen später noch einmal ein Brief gekommen, mit Schreibmaschine geschrieben und per Hand unterschrieben:

„Liebe Frau Anger, aus Versehen geriet Ihr Brief in die gewöhnliche Autogrammpost. Inzwischen habe ich Ihren Brief gefunden und mich sehr darüber gefreut und möchte mich heute ausdrücklich selber dafür bedanken. Ihr Carl Orff."

35

Einheiraten

Mit Anfang zwanzig hatte ich einen hübschen jungen Mann kennen gelernt, er war groß, schlank, hatte ein gut geschnittenes Gesichtsprofil, dunkles Haar und gepflegte Hände, obwohl er ein tüchtiger Bauer war. Ich kam auch aus einem Bauernhof, hatte die Landes-Haushaltsschule besucht und in verschiedenen Haushaltungen gearbeitet. Die Arbeiten und Gegebenheiten auf einem Hof waren mir wohlvertraut, deshalb glaubte ich, eine Zukunft auf dem Hof des jungen Mannes zu haben. Lenz war der einzige Sohn neben einer Schwester. Von Kind auf war es selbstverständlich in der Familie, dass Lenz der Bauer auf dem Hof sein würde. Ich hatte neun Geschwister, ein größeres Heiratsgut war nicht zu erwarten – also nicht der beste Ausgangspunkt fürs Einheiraten.

Drei Jahre lang sahen wir uns am Sonntag und glaubten, unserer Liebe eine Heimat geben zu können. „Heiraten kannst du“, meinte der Bichlmaier-Bauer, „aber den Hof übergebe ich jetzt nicht, den kriegst du, wenn ich 65 bin und dann eine Rente bekomme.“

Ich war damit ohne Bedenken einverstanden. Es hat mir noch nie gefallen, wenn die Mutter noch gern und gut gewirtschaftet hat, dass so ein junges Ding gleich die Bäuerin sein muss. Wenn die Bichlmaier-Leute sehen, dass ich die Arbeit kann und ich ein braver Mensch bin, guten Willens mich anzupassen, dann wird schon alles recht werden, so meinte ich.

Es wurde also die Hochzeit vorbereitet. Ein junger Hochzeitslader sagte bei der Verwandtschaft und bei den Freunden sein Einladungs-Verslein an der Haustür auf. Dabei hat er seinen Stock geschwungen, der mit bunten Bändern geschmückt war.

Hochzeit von Marei und Lenz am 6. Mai 1963

Wir wollten unsere Hochzeit im Gasthaus neben der Kirche feiern, das wäre auch so üblich gewesen. Aber der Bichlmaier-Bauer bestand darauf: „Gefeiert wird im Buchstall!“, einem Wirtshaus an der Straße, das auch seine Stammkneipe war. Die Räume waren nicht schön und für die große Verwandtschaft viel zu klein.

Lenz hatte für mich – wie es der Brauch war – den Brautstrauß bestellt, einen wunderbaren Rosenstrauß, der hat 40 DM gekostet. Er hatte kein eigenes Geld, er arbeitete ja auf dem elterlichen Hof, deshalb musste er den Betrag von den Eltern erbitten. Das war für die Eltern ein Ärgernis. Ich wurde von meiner Taufpatin zum Traualtar geleitet und der Lenz von dem seinen.

Auf dem Bichlmaier-Hof wurde die Kammer oberhalb der Stube ausgeräumt – zugegeben, das allerschönste Zimmer des Hauses. Dort durften wir das schöne Rüster-Schlafzimmer aufstellen und noch eine Polstergarnitur und dazu einen passenden Tisch – so groß war das Zimmer im imposanten Bauernhaus. Im Hausflur hatte es ein sogenanntes Böhmisches Gewölbe, nicht nur im Kuhstall. Der Dreiseithof mit altem Bundwerk lag auf einer sanften Anhöhe. Am Wohnhaus waren gepflegte Wandbirnbäume, auf der Seite nach Norden ein Weichselkirschspalier, vor dem Küchenfenster ein kleines Beet mit Himbeeren und auf der Sonnenseite ein Küchengarten. Hinten beim Hühnerstall war eine veredelte Haselnussstaude. Im Anger standen die Obstbäume – mit Fachkunde veredelt und zugeschnitten vom

Bruder des Bichlmaier-Bauern, dem Ferdl. Der war ein in Weihenstephan ausgebildeter Bauernwart und Imker war er auch.

Aus gesundheitlichen Gründen war er ledig geblieben. Sonst wäre er der Bauer geworden, denn er war der Älteste. Mit Selbstverständlichkeit hat er sich seinem Bruder untergeordnet und die Arbeiten eines Knechtes gemacht. Er war ein feiner Mensch und hat gern gesungen, meistens wenn er im Stall die Kühe gefüttert hat. Er hatte so ein rechtschaffenes Denken und Verhalten, dass er überall geachtet war. Nur die Bichlmaier-Bäuerin spottete gern über ihn und belächelte ihren Schwager. Das waren halt zwei Welten. Die Aufgeschlossenheit vom Ferdl fehlte ihr ganz. Als älteste Tochter fleißiger Bauersleute war sie – außer zum Besuch der Haushaltsschule in der nahen Stadt – nie aus dem Haus gekommen. Mit 24 Jahren hat sie auf den Bichlmaier-Hof eingeheiratet, brachte ein gutes Heiratsgut mit und eine schöne Aussteuer. Mit 26 Jahren bekam sie ihr erstes Kind, den Lenz, und mit dreißig dann die Tochter. Sie konnte gut kochen, ging auch mit aufs Feld und auf die Wiese. Im Stall oblag ihr die Kälberaufzucht und der

Marei und Lenz – frisch verheiratet

Schweinestall. Ihren Hausstand hatte sie in Ordnung und ihr Gärtlein auch. Ihre Kinder hat sie gern aufgezogen, wenn sie wohl auch nicht übermäßig viele Märchen erzählte, so fuhr sie doch mit den Kindern manchmal fort. Der strenge Bauer wollte auch das nicht. Nur keine Zeit versäumen, arbeiten, arbeiten! Seinen Sohn behandelte er stets streng und gab ihm ganz wenig Taschengeld, „weil er ja sowieso den Hof kriegt!".

Aber es kam anders.

36

Die brauchen wir nicht

Das mit den Hochzeitsgeschenken war so eine Sache. Mama und Papa haben gefragt, ob ich die zwei Ferkel wollte oder lieber das Geld dafür. Eine Kuh haben sie mir auch gegeben, aber ich dachte mir, es ist gescheiter, die Kuh steht daheim, wenn es schon die ganze Zeit heißt, dem *Weiberleut* [abschätzig für Frau] g'hört nix. Sonst hätte die Kuh halt einfach zum Hof dazu gehört.

Von den Schwiegereltern haben wir auch ein Hochzeitsgeschenk bekommen. Und zwar war in der Stube eine freie Wand, und dorthin wollten sie ein Bild haben. Wir waren schon verheiratet, da fuhr die Mutter mit der Tochter nach Wasserburg, um das sogenannte Hochzeitsgeschenk für den Sohn und mich zu kaufen. Das war gar nicht billig, so ein Gemälde im Goldrahmen. Mir hat es überhaupt nicht gefallen. Sie haben es da hingehängt, wo sie schon immer ein Bild haben wollten, und gesagt: „So, das ist euer Hochzeitsgeschenk."

Die zwei Sauen haben *wir* gefüttert. Wie sie groß waren, haben wir uns gefreut, dass wir sie nun verkaufen könnten und Geld dafür bekämen. Der Metzger kam und hat die zwei Sauen gekauft. Da hat der Vater gesagt: „Die zwei bekommen das, was die Ferkel damals wert waren." Davon haben wir uns ein kleines Kofferradio angeschafft.

Wenn ich die Wäsche zu waschen hatte, musste ich mit der Schubkarre die ganze Wäsche zum Bach hinunter fahren, um sie dort auszuspülen, obwohl es einen Brunnen im Hof gab und das Wasser nichts gekostet hat. Einmal gab es vom Feld viel heimzufahren und ich dachte mir, heute dürfte ich daheim die Wäsche ausspülen.

Als ich sie aufgehängt hatte, kam die Mam und sagte: „Warum hängt denn heute schon die Wäsche draußen? War die nicht am Bach unten?" Sie befahl: „Dann nimmst du jetzt die Wäsche, fährst sie zum Bach runter und spülst sie noch einmal aus."

Da ging der Lenz zu seiner Mam und sagte, dass sie so nicht mit mir umgehen dürften. „Warum?", gab die Schwiegermutter zurück, „mit der können wir doch machen, was wir wollen, wir brauchen doch die nicht!"

Ich war so traurig und hatte solches Heimweh, dass ich jeden Sonntag vom Lenz heimgefahren wurde. Eines Sonntags hieß es, heute werde ich dich nicht heimfahren, weil das aufhören muss mit dem Heimfahren. Aber das war mein einziger Halt. Dann sagte ich: „Gut, heim komme ich schon, aber wenn du mich abends zur Stallarbeit brauchst, dann musst du mich holen."

Ich bin den weiten Weg zu Fuß gegangen, habe einen Rosenkranz nach dem anderen gebetet und habe mich in mein Bett gelegt, in dem ich früher geschlafen habe. Niemand war da, meine Eltern und Geschwister sind alle bei einer Primiz gewesen. Als die

Mama heraufkam, um sich umzuziehen, sah sie mich da liegen.

„Ja, Marei, was macht du denn hier im Bett? Wo ist denn der Lenz? Ja, wie kommst du denn hier her?"

„Gegangen."

„Ja, um Gottes Himmels Willen, hergegangen bist du! Hat's etwas gegeben, habt ihr euch gestritten?"

Mama hat mir gut zugeredet. Und da ist auch schon der Lenz gekommen, und hat mich zur Stallarbeit geholt.

37

Herbergssuche

Eines Tages musste ich das Auto nach Wasserburg zum TÜV bringen und ging zu Fuß heim. Da hat ein Nachbar angehalten, ließ mich einsteigen und fuhr mich nach Hause. Er sagte: „Ihr müsst aufpassen!"

„Ja, warum denn?"

„Der Vater sagt die ganze Zeit beim Wirt, dass er euch den Hof gar nicht gibt."

Ich meinte: „Aber er hat doch nur den einen Sohn, wem soll er den Hof denn sonst geben?"

„Dem Dirndl gibt er ihn. Die hat einen kennen gelernt, der herheiraten möcht. Der Vater sagt, er gibt den Hof der Tochter, da müsst ihr Obacht geben."

Dann lag ich einmal bewusstlos in der Milchkammer. Ich bin schon schwanger gewesen und mir wurde dauernd schlecht. Da sagte der Lenz, ich sei schon wieder in der Milchkammer drin gelegen, was schon wieder los gewesen sei? Darauf die Mutter recht bissig, ob ich vielleicht gehorcht hätte, als der Vater und sie *mich ausgerichtet hätten* [schlecht über mich geredet].

„Das weiß ich nicht, ob sie gehorcht hat, auf alle Fälle ist das keine

Behandlung! Und jetzt, weil wir schon dabei sind, Bap, stimmt das, dass du beim Wirt erzählst, dass du mir den Hof nicht geben wirst?“

Da sagte der Vater: „Ja, das stimmt.“

Lenz: „Ja, warum denn?“

Vater: „Weil's Dirndl einen kennen gelernt hat, der hierher heiraten will und der übernimmt mit der Tochter den Hof.“

Lenz: „Ja, und ich?“

Vater: „Ja, du, das weiß ich auch nicht, was mit dir werden wird.“

Lenz: „Warum bekomme dann ich den Hof nicht?“

Vater: „Weil der in Haag einen Baugrund hat, den er verkaufen kann, und das Geld bringt er mit. Wenn natürlich die Deine auch einen Baugrund hat ...“

Lenz: „Bap, du weißt doch, wo sollte sie denn einen Baugrund her haben, wenn sie acht Kinder sind?“

Vater: „Na also, dann wirst du wohl verstehen, dass ich den Hof deiner Schwester geben werde, wenn der so viel mitbringt.“

Lenz: „Wenn der hierher heiratet, dann kann ich ja nicht mehr da bleiben.“

Vater: „Nein, wenn der herheiratet, kannst du nicht mehr hier bleiben.“

Lenz: „Was soll ich dann ...“

Vater: „Das weiß ich auch nicht, was du dann machst, dableiben kannst du nicht mehr, wenn die Zwei den Hof haben.“

Lenz: „Dann ist es ja gescheiter, ich geh gleich!“

Vater: „Ja, du kannst auch gleich gehen, ich halte dich nicht auf. Den Hof bekommst du nicht.“

„Gut“, sagte der Lenz, „dann geh ich gleich.“

Der Vater, der selbst keinen Führerschein hatte, rief ihm nach: „Gell, aber das Auto lässt du stehen.“

Lenz: „Ja, freilich Vater, ich weiß doch, dass mir nichts gehört.“

Das war in der Früh nach der Stallarbeit, und der Lenz sagte zu mir: „Marei, zieh dich an, wir gehen gleich."

Ich hab schnell mein blaues Babystrickzeug in die Tasche geworfen, einen Waschlappen und eine Seife und meine Zeugnisse. Wir sind die Stiege hinabgestiegen und der Lenz ist in die Stube hineingegangen und hat dem Vater und der Mutter „Behüt' euch Gott" gesagt!

Ich bin im Hausgang stehen geblieben. Ich hätte zu diesen Leuten nicht „Behüt' euch Gott" sagen können, nicht um alles in der Welt.

Aber der Onkel Ferdl mit seinen braunen Lederpantoffeln, der hat immer gesagt: „Bub, Bub, bleib nur da, nein, nein, so leicht geht das nicht, bleib da Bub!"

Lenz: „Onkel, du hast es doch gehört."

Onkel: „Ja, ja, ich hab's schon gehört, aber bleib da, so leicht ist es nicht, bleib daheim."

Der Onkel ist mitgelaufen bis zur Straße hinaus, es hat recht geschneit, da hat er noch schnell einen Schirm gebracht. Es war Ende Februar.

Ich fragte den Lenz, wo wir denn jetzt hingehen, ob wir zu uns heimgehen sollten.

Er sagte: „Auf gar keinen Fall, die dürfen das nicht erfahren. Erst hab ich deinem Vater alles Mögliche gesagt, damit du überhaupt herheiratest, und jetzt brächte ich dich als Schwangere zurück! Nein, deine Leute daheim dürfen das nicht erfahren."

Marei: „Ja, und was machen wir dann?"

Lenz meinte, das sähen wir dann schon. Wir sind einfach losgegangen Richtung Wasserburg zum Bahnhof bei dichtem Schneegestöber mit einer Tasche und einem Schirm die Straße entlang, ich im sechsten Monat schwanger. Dann hielt ein Auto, ein Mann nahm uns mit. Ich fragte ihn, wohin er fahre, und er antwortete: „Nach Regensburg“.

„Dürfen wir dorthin mitfahren?“

„Ja, ja, da könnt ihr schon mitfahren.“

Als wir in Wasserburg waren, meinte der Lenz, dass wir erst einmal aussteigen und uns ein Frühstück kaufen würden. Wir wuschen uns die Hände, wir waren nicht einmal richtig gewaschen nach der Stallarbeit. Die Bedienung kam und fragte nach unseren Wünschen. Ich bestellte, damit es wenig kostet, eine Tasse Tee und eine Brez'n. „Und ich“, sagte der Lenz, „bekomme heute eine ganze Portion Kaffee und ein Stück Torte, weil heute ein besonderer Tag ist!“

Nach dem Frühstück sind wir zum Bahnhof rüber, aber es ging erst um 11.30 Uhr ein Zug. Lenz sagte, er hielte das in dieser Kälte nicht aus, beim Gehen würde uns warm werden, vielleicht würde uns dann wieder jemand mitnehmen. Wir gingen Richtung München. Die Serpentinen am Wasserburger Berg hoch zu gehen, das war am allerärgsten. Ich habe mich immer nur gefragt, wo ich denn ein Bett für das Kind hinstellen könnte...

Wir gingen weiter Richtung Steinhöring, da hat wieder ein Auto gehalten, das nach München gefahren ist und uns mitnahm. Der Fahrer fragte uns, warum wir zwei da auf der Straße entlanggingen, wir seien ja schon am Bahnhof in Reitmehring vorbei, wohin wir wollten? Wir nannten den Hauptbahnhof. Als wir am Hauptbahnhof ausstiegen, sagte der Mann, wir sollen noch einmal herkommen. Ich dachte schon: „O je, der möchte jetzt Geld fürs Mitfahren.“ Er sagte:

„Ich weiß nicht, was mit euch los ist, aber irgendwas stimmt nicht mit euch. Ihr seid doch Bauersleute. Es muss was Ärgeres sein, weil das Dirndl gar so verweint ist. Ich möchte euch nur sagen, macht ja keine Dummheiten, ihr zwei. Bleibt beieinander, wenn es das ist, bleibt beieinander. Im Leben geht es immer wieder weiter."

Am Bahnhof fragten wir uns dann, wo wir jetzt hingehen sollten. Da kam uns eine Idee: Jetzt gehen wir zum Prälat Freiberger von der Kirchenzeitung in der Herzog-Spitalstraße 5. Der hat uns getraut. Die Schwester von meinem Vater war seine Haushälterin. Die waren ganz erfreut, dass wir zwei so unverhofft in München vorbei kamen und gaben uns etwas zu essen in ihrem Wohnzimmer an einem schönen Tisch. Bis wir dann fragten, ob wir übernachten könnten. Nein, übernachten könnten wir nicht, im Gästezimmer sei ein Theologiestudent. Aber wir seien von daheim weggegangen, für ganz. Nein, nein, wir sollten nur wieder heimgehen, bei ihnen könnten wir nicht bleiben.

Danach sind wir mit der Trambahn zur Tante Anna gefahren. Die Tante Anna war auch erfreut, uns Zwei zu sehen und hat uns begrüßt. Wir tranken dort Kaffee und es wurde Nacht. Dann habe ich sie gefragt, ob wir bei ihr übernachten dürften. Nein, übernachten könnten wir nicht, weil sie wieder einen Zimmerherrn hätte. Ob es nicht vielleicht auf dem Kanapee ginge? Nein, das sei keine Schlafstube.

Jetzt war es aber schon halb neun Uhr abends und ich sagte, dann müssen wir zum Hettlage [wo Marei Hausmädchen gewesen war]. Wir nach Grünwald, es war schon neun Uhr vorbei, als wir ankamen. Dort waren sie gerade in Kriegsbemalung für einen Faschingsball. Wieder musste ich fragen, ob wir über Nacht bleiben könnten, weil wir von daheim weggegangen seien. Selbstverständlich könnten wir übernachten, sie würden ein zweites Bett in mein Zimmer stellen und morgen würden wir weitersehen. Ich solle mich bloß nicht aufregen, damit dem Kleinen nichts passiert, alles würde ins Lot kommen. In unserem Zimmer lag so eine Nase mit einer Brille. Die nahm der Lenz und ging vor zum Café Fischer zu einer Faschingsveranstaltung.

Nach einiger Zeit fanden wir für den Lenz eine Arbeitsstelle in München. Bäckerblume hieß der Betrieb, es war eine Mühle, die den Bäckereien das Mehl lieferte. Er hat von Hettlages ein Fahrrad geliehen bekommen, weil die Trambahn vierzig Pfennig gekostet hätte, mit dem ist er jeden Tag zum Wetterstein-Platz zur Arbeit gefahren. Ich durfte wieder im Haushalt mitarbeiten und habe 350 Mark im Monat bekommen.

Frau Hettlage ist eines Tages weggegangen und hat einen schönen Korb gekauft und ein Gestell, das sie zusammenschraubte. Aus Weidenstäben machte sie einen Himmel, den bezog sie mit rot-weiß kariertem Stoff und einer Batist-Spitze, und fertig war der Stubenwagen. Sie legte drei weiße Strampelhosen hinein, drei Jäckchen, drei Hemdchen, ein Kinderlätzchen und zwei Packungen Windeln. So, sagte sie, jetzt hätten wir ein Bettchen und sie möchte die Taufpatin machen bei unserem Kind.

Dann hat es ungefähr eine Woche gedauert, bis der Lenz eine Stelle in Winkl bei Neubeuern bekommen hat, die suchten einen Baumeister, so sagte man damals. Wir hatten freie Wohnung, die Milch von zwei Kühen, einen Garten, den wir bestellen konnten, und bekamen zu zweit in der Woche 130 Mark. Der Strom war auch frei. Das hat mich ganz narrisch gefreut, es war mir egal, ob mir das gehört oder nicht. Es war auf jeden Fall so schön da drin, die Berge hat man gesehen, das Vieh war auf der Weide. Schon am ersten Sonntag kam der Nachbar und hat gefragt, ob wir zwei ein Fahrzeug hätten. Nein, haben wir nicht. Er bot uns an, einer könne mit ihm um neun Uhr in die Kirche mitfahren und einer mit der Riedsin, einer Nachbarin, die hätte er schon gefragt. Da müssten wir uns nicht sorgen, in die Kirche würden wir schon kommen. Damals hat man noch gewusst, dass es das Wichtigste ist, dass wir Zwei in die Kirche kommen. Die Nachbarn haben uns dort so gut angenommen.

38

Gehst auch du kalt vorüber?

In den Tagen unserer Kindheit war noch keine Kirche zugeschlossen, man konnte bis in die Nacht hinein die Kirchentüre öffnen und beten. Der rote Schein des ewigen Lichtes war am Abend besonders beeindruckend. Es sagte uns: „Hier wohnt Jesus."

Unsere Mutter hat uns ganz eindrücklich ans Herz gelegt: „Geht nie an einer offenen Kirchentüre vorüber, sondern nehmt euch die Zeit – auch wenn ihr es eilig habt und gerade dann – besucht den Heiland, der im Tabernakel wohnt. Wollt ihr nicht seine leise Stimme hören: Auch du gehst kalt vorüber?"

Das war eingegraben in der Seele und ich glaube, keines meiner Geschwister ging je an einer geöffneten Kirchentüre vorbei, ohne den eucharistischen Heiland kurz zu begrüßen.

Es war einige Monate nach dem Tod unserer kleinen Maria-Elisabeth. Bei uns wurde eine Woche lang eine sogenannte Volksmission abgehalten. In der Früh war ich schon beim Gottesdienst mit Predigt und Sakramenten-Empfang. Nachmittags lief ich noch schnell zum Einkaufen. Auf dem Heimweg sah ich, dass die Kirchentür weit offen stand, und ging mit dem Einkaufsnetz in der Hand ins Gotteshaus. Ganz allein war ich und die Stille tat mir gut. Nichts störte meine Zwiesprache mit dem Heiland.

Plötzlich öffnete sich die Tür vom Beichtstuhl. Ich hatte gar nicht vermutet, dass sich dort jemand aufhielt. Der Pater kam zu mir in die Kirchenbank, nahm mich bei der Hand und führte mich zum Beichtstuhl.

„Ich kann schon beichten, wenn Sie meinen, aber eine schwere Sünde hab ich nicht. Bin ja am Morgen schon am Tisch des Herrn gekniet und empfing auch die heilige Kommunion."

„Aber ich beobachte Sie doch schon eine halbe Stunde, Sie haben etwas ganz Schweres auf dem Herzen", sagte der Pater mir auf den Kopf zu.

„Da haben Sie schon recht, aber das gehört nicht in die Beichte."

„Gehen Sie doch mit mir ein bisschen draußen um die Kirche herum, und reden wir ein wenig miteinander", schlug der Pater vor, und das machten wir dann auch.

Ich sagte: „Es will mir nicht in den Kopf, warum mir der liebe Gott unser liebes Kind mit eineinhalb Jahren genommen hat. Wo war denn der Schutzengel der kleinen Maria-Elisabeth, als sie in einen Eimer mit heißem Wasser fiel, qualvolle Schmerzen erleiden musste und nach sechs Tagen in der Kinderklinik starb? Sie war unsere ganze Freude, jede Sekunde ihres kurzen Lebens. Bei der Taufe habe ich sie dem lieben Gott ganz fest anvertraut: Herr, du hast mich so unendlich beglückt mit diesem Kind, ich danke dir und übergebe es dir. Mach das Beste mit diesem Neugetauften und halte allezeit deine schützende Hand über Maria-Elisabeth."

Der Pater hörte mir aufmerksam zu und meinte dann: „Sehen Sie, vor so großem Leid stehen auch wir Priester ganz hilflos. Schauen Sie, das Kind hatte noch keine Vorstellung vom Sterben und vom Tod. Es ist bestimmt sofort zur Anschauung Gottes gekommen. Wir wissen nicht, was ihm alles erspart geblieben ist."

Ich sah, dass sich der Pater große Mühe gab, mich zu trösten. Er konnte es nicht. Ein Kind verlieren bedeutet das Höchstmaß an Schmerz. In einem Marienlied heißt es: „Wo ist ein Leid, so groß wie meines?" Wenn ich die Pietà sehe, wie die Muttergottes ihren toten Sohn im Arm hält, dann denke ich: Ich weiß, was du fühlst. Erst im Laufe von vielen Jahren gelingt es allmählich, sich ganz dem unerforschlichen Ratschluss Gottes zu fügen.

39

Wieder dahoam

Dass mir der elterliche Hof in Arxtham 1969 übergeben wurde, ist nicht mein Verdienst. Es kam so, weil keiner von meinen Geschwistern den Hof übernehmen wollte. Jetzt konnte ich zeigen, dass ich fähig war, eine Bäuerin zu sein.

Als die Leute sahen, dass der Lenz ein fleißiger Mensch war, bekamen wir langsam auch wieder Anerkennung. Wir haben weitere Kühe angeschafft und die Kälber groß gefüttert. Ich fuhr auf den Viehmarkt nach Miesbach und steigerte einen Stier und verkaufte die Kälber. Ich habe für den Hof getan, was wichtig war.

Als es einmal wochenlang nicht regnete, sagte Herr Hettlage, dass wir nichts anderes machen könnten, als ein riesengroßes Fass zu kaufen, das 7000 Liter fasst. Ich meinte, dass wir das Geld dafür nicht hätten. „Dann schicke ich euch das sofort, damit ihr Wasser auf die Wiesen und Felder bringen könnt." Wir kauften das Fass und beregneten damit die Wiesen.

Da klingelte das Telefon und Herr Hettlage war dran: „Marei, horch, ich halte den Hörer ins Freie, bei uns regnet es schon, das kommt bald zu euch!"

Im alten Haus fehlte es an allen Ecken und Enden. Es war eiskalt. Wenn es regnete, mussten überall Wannen aufgestellt werden, weil das Dach nicht mehr dicht war. Die Mama hat gejammert: „Marei, du musst etwas unternehmen, das kalte Haus halte ich nicht mehr aus, ein alter Mensch braucht es wärmer. Ich verstehe ja, dass du kein neues Haus bauen kannst, aber wenn du vorne wenigstens zwei Zimmer dran baust, das würde schon gehen, ich halt die Kälte nicht mehr aus."

Der elterliche Hof

Ich sagte: „Aber Mama, wenn doch die Bausparverträge noch nicht voll sind. Es geht einfach nicht."

Mama: „Du bist halt eine echte Hardt, überhaupt kein Unternehmergeist!"

Leider hat sie das neue Haus, das ich gebaut habe, nicht mehr erlebt!

Als Herr Hettlage sah, dass etwas geschehen musste, sagte er: „Das trifft sich ja wunderbar. Ich möchte mir die ganze Zeit ein Bauernhaus kaufen. Das habe ich mir schon als kleiner Schulbub geschworen, wenn ich alt bin, möchte ich einen Bauernhof. Jetzt ist das aber gar nicht so einfach, da muss man bauernfähig sein. Ich bin es nicht und meine Söhne sind es auch nicht. Wenn du jetzt ein Haus baust, dann mache ich mit. Da möchte ich dann auch einmal wohnen, und deshalb überweise ich dir jetzt so viel, dass ihr anfangen könnt." Und das hat er auch getan.

Als wir dann das neue Haus bauten, suchte ich die Bretter und die Fliesen und die Böden aus. Benno [Hettlage] und seine Frau Walli standen mir immer zur Seite. Als der Boden in der Stube fertig war und die Heizung das erste Mal an einem Sonntag Nachmittag lief, sagte sie:

„Marei, jetzt wird's warm im Haus, da freust du dich, gell?"

Ich antwortete: „Nein, ich wage es nicht, mich zu freuen. Jedesmal, wenn mich etwas freut, bekomme ich gleich wieder eine drauf!"

Darauf sagte sie: „ Jetzt pass' mal auf, was ich dir sage. Du warst in deinem Leben schon ganz unten, weiter unten kann man überhaupt nicht sein.
Und du weißt doch, das Glücksrad dreht sich. Jetzt dreht es sich halt ein

bisschen nach oben. Da brauchst du doch keine Angst haben, du dummes Ding, du dummes!“

Da hatte ich eine Zeit lang wirklich Selbstvertrauen, aber als dann in einem einzigen Jahr acht Kühe im Stall starben und zehn Kälber, da war ich wieder ganz am Boden. Vorher wusste ich von jeder Kuh den Namen und das Geburtsdatum. Danach habe ich mir das nicht mehr merken können.

40

Die Schwaiberln

„An Maria Verkündigung kehren die Schwalben wieder um“, heißt ein Bauernspruch. Wir warten auf die Schwalben und freu’n uns, wenn die erste kommt. Ist sie nicht eine Zeugin der Allmacht Gottes? Sie hat die Orientierung in sich; ein Flugzeug braucht dazu hoch komplizierte Navigationsgeräte. Sie fliegt tausende Kilometer ohne Treibstoff. Sie weiß, wann es Zeit wird, das sichere Nest im Stall zu verlassen, weil sie spürt: Der Winter ist nahe. Sie findet im kommenden Jahr wieder heim, sucht ihr Nest, reinigt es und renoviert es, baut den Nistplatz für die fröhliche Nachkommenschar. Bei der Ankunft fliegt sie auf und ab im Stall und zwitschert: „Grüß Gott, ich bin wieder daheim und bring euch Glück im Stall."

41

Ein kleines Zuhause auf Zeit

Angefangen hat alles mit dem Kaminkehrer. Er soll ja Glück bringen, sagt man. Auf den ersten Blick sah es nicht so aus. Denn eines Tages kam er mit der Eröffnung: „Heut bin ich zum letzten Mal in euren Kamin gekraxelt."

Einen neuen Kamin sollen wir bauen, anders dürfen wir nicht mehr einheizen. Nun war guter Rat teuer. Den riesigen Kamin abbrechen in dem sehr alten Bauernhaus, da fallen die Zimmerdecken auch gleich mit herunter.

Einige Wochen später trat die Versicherung an uns heran, die Feuermauer müsse abgerissen werden.

Es gab keine andere Lösung: Wir mussten ein neues Wohnhaus bauen.

Zum Glück hatten wir in nächster Verwandtschaft einen tüchtigen Architekten, er zeichnete einen Bauplan. Da ereilte mich das Missgeschick, dass mir eine Kuh beim Melken gegen den Fuß trat. Es stellte sich im Krankenhaus heraus, dass beide Knöchel und das Sprunggelenk am rechten Fuß gebrochen waren. Eine Operation war notwendig, der Fuß wurde wieder mit Schrauben zusammengeflickt. Mit dem

Gipsbein humpelte ich auf Krücken ins Landratsamt und wir bekamen schließlich die Baugenehmigung.

Die Bausparverträge reichten nicht und wir ersuchten um ein Darlehen. Eine nette Dame vom Landwirtschaftsamt kam zu uns raus, da erfuhren wir:

„Wenn ihr euch entschließen könnt, Feriengäste aufzunehmen, dann bekommt ihr noch einen Zuschuss. Es läuft gerade ein Programm an, ‚Ferien auf dem Bauernhof', 5.000 DM Zuschuss und 3.500 DM für die Heizanlage."

Unsere Bedenken, dass wir mitten unter Wiesen und Weiden zu abgelegen sind und Feriengäste sich kaum hierher verirren würden, ließ unsere gute Beraterin nicht gelten. Die Zimmer müssen hell und freundlich und mit Dusche und WC ausgestattet sein. Frühstück gehört auch dazu.

So, nun ging's los. Die Finanzierung war genehmigt und wir fanden eine Baufirma. Die ganze Firma bestand aus drei Mitarbeitern, aber was für tüchtige Männer! Jeder konnte alles, Mauern, Kranfahren, die Zimmererarbeiten, so ging es rasch voran. Am 18. April 1979 war Baubeginn, im Herbst konnten wir bereits in unser neues Haus einziehen.

Neue Möbel gab es keine, die alten erfüllten noch ihren Zweck. Aber das heiße Wasser kam aus der Leitung und das Haus war warm! Jetzt erst merkte man, dass das, was wir im alten Haus gewohnt waren, ein sozialer Notstand gewesen ist. Einige Jahre lang beteten die Kinder von sich aus nach dem Abendgebet: „Und danke, lieber Gott, für das warme Haus, jetzt ist's wie im Sommer."

Zwei Schlafzimmer waren für Sommergäste bereit gestellt, aber es kamen keine. Ein Hinweisschild an der Straße „Zimmer frei", bescherte uns dann doch eines Tages zwei Urlaubsgäste. Sie waren mit dem Zimmer und dem

Frühstück zufrieden. Als ich unter ihrem Balkon gerade beim Blumengießen war, hab ich meinen Ohren nicht getraut:

„Liesbeth, schau, die Sonne geht auf. Ich hab ja schon immer gehört, dass es in Bayern schön sein soll, aber dass es so schön ist! Diese Weite, und bei uns in Frankfurt haben wir nur ein so kleines Stück Himmel."

Das freute mich sehr, denn von Anfang an war mir bewusst: Der Feriengast verbringt die schönste Zeit, die er für sich hat, bei uns, da will ich alles nur Mögliche tun, damit er wirklich eine schöne Zeit hat und der Chiemgau im rechten Licht steht und wir Bauersleute auch.

In Endorf hatte man bei Erdbohrungen nach Öl und Gas etwas „Gesundes" entdeckt, nämlich heißes Wasser. Die Untersuchungsergebnisse waren sensationell: Die stärkste Jodquelle Europas! Zunächst brach eine Art Goldgräberstimmung aus. Thermalbecken, Kurmittelhaus und Klinik wurden gebaut, später kamen noch ein Außenbecken und die Gestaltung des Kurparks dazu, und die Gemeinde bekam den ersehnten Titel „Bad Endorf".

Aus ganz Deutschland reisten nun die Gäste an, die gerne die Bäder und Anwendungen nützten in Verbindung mit Ausflügen zu den nahen Bergen, an den Chiemsee mit der Fraueninsel und dem Schloss von König Ludwig II., eine Nachbildung von Versailles.

Es kamen, wie erhofft, Patienten zu uns, denen die Bäder gut taten. Sie erzählten es weiter und kamen auch selbst wieder. Ein Zimmernachweis wurde gedruckt, darin warben wir für „Ein kleines Zuhause auf Zeit". Das Zusammenspiel von Kuranwendungen, guter Luft, täglich frischer Milch und der schönen Natur tat den Gästen gut. Mein Sohn Robert sagte einmal: „Ganz fremde Menschen sind angekommen, aber als unsere Freunde sind sie fortgereist."

Es wurde manchmal schwierig, wenn wir drei Zimmer vermietet hatten und die Gäste sich nicht vertrugen. „Frau Anger, greifen sie ein, da unten hat einer Ziegelsteine aufeinander geschichtet und will auf einem kleinen Rost ein paar Würstel braten, der Rauch könnte bis zu mir auf den Balkon ziehen." Der Nächste kam und beschwerte sich, dass der Herr aus Cloppenburg so laut ist in der Früh, wo er doch so gerne die Rehe äsen sieht vor dem Haus. „Wenn Ruhe ist, bringt die Rehgeiß sogar ihre zwei Rehkitze mit." Der nächste Gast kommt zu mir und meint: „Frau Anger, heute ist ein Regentag, lassen Sie sich was einfallen!" Ich soll mir was einfallen lassen für den Deutschlehrer aus Bonn und seine Frau, auch eine Studierte?

Den offenen Kamin hab ich dann schon zum Frühstück eingeheizt, einige Geschichten aus unserem Chiemgau-Buch vorgelesen, hab ihnen das Canasta-Spiel gelernt und mitgespielt, bis ich das Mittagessen für meine Familie kochen musste. Also kochte ich für die Gäste gleich mit. Wie froh bin ich gewesen, als sie dann endlich um 14.30 Uhr auf ihr Zimmer verschwanden, aber nur, um mich nach meiner Stallarbeit noch einmal in der Wohnstube zu beglücken. Jetzt gesellten sich auch die Gäste vom nächsten Zimmer an den Stubentisch, breiteten eine große Landkarte aus und zeigten mir alle Orte, die sie besucht hatten. Dann wurde mit Stecknadeln sorgfältig die Reiseroute für den nächsten Tag abgesteckt. Mit einer Flasche Wein wurde es recht lustig.

42

Bauernbub in Bayreuth

Der Robert ist recht musikalisch. Früher hat er den König Ludwig sehr verehrt und dadurch ist er natürlich zu Richard Wagner gekommen. Die Wagner-Musik hat den Buben ganz und gar in Beschlag genommen. Bevor das mit dem Wagner losging, hat er das ganze Volksliederbuch von hinten bis vorn durchgesungen. Dann hat es nichts anderes mehr gegeben als Wagner, das hat nicht laut genug sein können. Die Wagner-Dynastie hat ihn interessiert und auch die Inszenierungen. Den Ring kann er auswendig.

Wir waren immer beim Schröder zu den Sommerfesten in Sonnering. [Marei war mit Gisela Schröder, der Frau des Chefredakteurs der Süddeutschen Zeitung befreundet.] Da hat meine Schwester gesagt:

„Jetzt haben wir Karten mit dem Kulturreisedienst Bauman für Bayreuth gekriegt und wissen überhaupt nicht, wo wir die Woche über bleiben können."

Auf dem Sonneringer Fest war auch der Desmond Cletten. Der ist selber Sänger gewesen und hat in Aindorf ein Bauernanwesen gekauft. Er hat gesagt:

„Ja, geht doch zur Frau Henning. Da bin ich auch immer und der Theo Adam ist da und der Bürgermeister von Paris ist da und der Bürgermeister von Moskau, die wohnen da alle bei der Frau Henning." Und er hat uns die Telefonnummer gegeben.

Die Frau Henning war einmal die Sekretärin vom Siegfried Wagner, dem Sohn vom Richard Wagner, und hat damals schon, wie sie so jung war, den Führerschein gemacht. Sie hat sechs Sprachen gesprochen und ist überall herumgefahren und hat sich die guten Stimmen angehört, in Mailand, in der Met, überall. Sie hat notiert, welche sie für gut befunden hat. Die Festspielleiter sind dem nachgegangen und haben geschaut, wen sie für welche Rolle brauchen können. Sie ist also mit der Wagner-Familie ganz und gar verbunden und auch befreundet gewesen. Später war sie dann die Sekretärin von Toscanini.

Als sie älter geworden ist, hat sie aus ihrem Elternhaus, das liegt neben der Eremitage in Bayreuth, eine Pension gemacht. Da haben die Gäste über Nacht bleiben können und haben ein Frühstück bekommen.

Dort haben jetzt meine Schwestern gewohnt. Da haben sie den Robert angerufen, der war damals fünfzehn Jahre alt, und haben gesagt, er darf kommen und den Siegfried anschauen.

Man muss wissen, der Ring hat sich in Bayreuth eine ganze Woche hingezogen, ein Tag Aufführung, nächster Tag Pause, wieder Aufführung und wieder Pause.

Der Robert hat die letzte Vorführung sehen dürfen. Dann hat sich die Frau Henning mit dem Robert unterhalten und wie sie abgefahren sind, hat sie gesagt:

„Der Robert, der braucht die Übernachtung und das Frühstück nicht bezahlen, denn der ist von mir eingeladen. Er bekommt jetzt in Zukunft meine Karten. Da rede ich mit dem Wolfi, dass ich das im Regieraum höre und der Robert bekommt meine Karten. Das nächste Mal bringe ich ihm die Karten selber, damit ich sehe, wo der Robert zu Hause ist."

Sieben Jahre lang hat er die Karten bekommen und mehrmals hat die Frau Henning die Karten selber gebracht. Sie hat gesagt:

„Der Robert gehört zu meinen

Gralsrittern. Meine drei Gralsritter sind der Prinz Hohenlohe, der Lenhoff und der Robert. Das nächste Mal darf die Mareile [Marei] auch mitfahren, die Mareile muss auch mal eine Aufführung in Bayreuth erleben, und zwar gleich die Eröffnung, da ist am meisten los."

Wenn Frau Henning dagewesen ist, hat sie so interessant erzählt, sie war das wandernde Geschichtsbuch, von den Festspielen und der Familie Wagner.

Ich habe dann mit Gästen hinauffahren dürfen. Links und rechts sind ein Haufen Leute gestanden, haben die Ankunft der Premierengäste angeschaut. Wir sind ausgestiegen und gleich gefilmt worden, könnte ja jemand dabei sein, der wichtig ist. Zwei Frauen haben gesagt:

„Ja, es ist schon wieder großartig. Aber das ist ja kein Vergleich. Beim Hitler war es noch viel großartiger."

Da bin ich in das Festspielhaus rein gekommen, wo die Premiere vom Parzival war, hab einen schönen Platz gehabt. Furchtbar heiß ist es gewesen. Der Franz Josef Strauß in seinem weißen Frack ist auch dagewesen mit dem Kabinett. Ich hab mir immer gedacht: Dem Strauß, dem tun sie bestimmt ein Wandl mit kaltem Wasser hinstellen, die Hitze hält der auch nicht aus.

Man kann sich nicht vorstellen, was in dem Festspielhaus für eine Akustik ist, das muss man erlebt haben. Heiß ist es gewesen und sie haben so schön gesungen, dass ich im ersten Akt mit dem Gral und dem Amphortas in dem Geschehen auf der Bühne ganz versunken bin. Auf einmal ging langsam das Licht auf, da bin ich so erschrocken: Wo kommen denn jetzt die ganzen Leut her? Bis ich geschaltet habe: Ach ja, ich bin ja im Festspielhaus. Das ist mir noch nie passiert.

Es ist immer mindestens eine Stun-

de Pause gewesen. Die Frau Henning ist schon vor der Tür gestanden mit dem Fotoapparat, als wir rausgekommen sind:

„Die Mareile und der Robert müssen sich jetzt dahin stellen, weil ich jetzt einige Fotos machen muss."

Dann sind wir in der Nacht noch heimgefahren, es war der 27. Juli, grad mein Geburtstag. Ich habe mich sehr gefreut, als die Frau Henning uns wieder besucht hat. Beim Verabschieden blieb sie unter der Haustüre stehen, schaut den Lenz pfeilgrad an und sagt:

„Herr Anger, ich muss Ihnen jetzt etwas sagen, bevor wir ins Auto einsteigen: Ihr Sohn Robert ist etwas ganz Besonderes!"

43

Ein Blumenstrauß für Arnold Balwé

Malerei hat mich recht interessiert. Ich habe jede Gelegenheit genützt, in Prien oder Rosenheim in eine Ausstellung zu gehen. Daheim habe ich das nicht sagen dürfen. Das hat die Mama nicht mögen und mein Mann auch nicht.

In der Zeitung hab ich gelesen: Im Exter-Haus in Feldwies ist eine Balwé-Ausstellung. Das ganze Haus voll mit Balwé-Bildern, das habe ich mir sehnlichst gewünscht.

Aber wie wir hingekommen sind, hieß es: Geöffnet von 17 bis 19 Uhr. Das war meine Stallzeit, und da konnte ich unmöglich weg. Es war schon der vorletzte Tag der Ausstellung. Mein Gott, jetzt geht die

„Goldener Strauß" von Arnold Balwé

Balwé-Ausstellung an mir vorbei!

Zu Hause hab ich mir ein Telefonbuch genommen, hab geschaut, ob der Balwé drin steht, und hab ihn angerufen: Seine Ausstellung möchte ich so gerne sehen, aber ich kann nicht zwischen 17 und 19 Uhr.

„Warum können Sie nicht?"

„Weil ich von fünf bis sieben Uhr meine Stallarbeit hab."

„Ach so, Sie sind eine Bäuerin. Da kann ich Sie gut verstehen. Ich habe ja selber Landwirtschaft studiert."

Ich habe einfach gefragt, ob ich nicht vorher durchgehen darf.

„Vorher wollen Sie durchgehen? Ich glaube, das kann ich einrichten. Da rufe ich an, dass die Frau im Haus für Sie aufschließt. Wann wollen Sie denn kommen?"

„Um viere."

Ich habe noch schnell einen Blumenstrauß abgebrockt mit drei Farben Rittersporn, weißen Hennaknöpferl, rosaroten Buschnelken, roten Rosen und Phlox. Ich bin durch die Ausstellung gegangen – am liebsten hätte ich ein Bild gekauft. Damals hat ein Bild 15.000 Mark gekostet. Wie ich gerade gehen will, kommt der Herr Balwé und fragt: „War die Bauersfrau schon da?"

„Die Bauersfrau bin ich. Ich hab schon alles gesehen. Und einen Blumenstrauß hab ich Ihnen mitgebracht."

Ich bin schnell zum Auto gelaufen und hab ihm die Blumen überreicht. Da haben die Leute gesagt: „O, Herr Balwé, das ist aber ein schöner Strauß, den müssen Sie malen!"

Balwé: „Den werde ich malen!"

Den Strauß hat er einem Hausfactotum in die Hand gedrückt und bestimmt, dass er in eine bestimmte Glasvase gestellt werden sollte.

Er hat mir zwei Kataloge geschenkt und sie signiert.

„Herr Balwé", hab ich gesagt, „die Bilder sind ja alle ganz wunderbar, aber haben Sie auch kleinere Formate?“

Darauf Balwé: „Ich male so! Postkarten können Sie natürlich auch von mir kaufen.“

„Ja“, hab ich gesagt, „mit Postkarten an der Wand bin ich aber nicht so beglückt.“

Dann haben wir uns verabschiedet und uns beide bedankt, er für den Blumenstrauß, und ich dafür, dass ich früher habe durchgehen dürfen.

Schon ein Jahr später, 1983, ist er gestorben, da kosteten die Bilder bereits das Doppelte. Es gab eine Balwé-Ausstellung in Rosenheim. Und siehe da: Mein Blumenstrauß! Er hat ihn wirklich gemalt.

44

Waldweben

Ich wollte schon ins Bett gehen, da hab ich gehört, dass der Robert den „Freischütz“ im Fernsehen anschaut und habe einen Stuhl neben ihn gerückt.

Bei der Ouvertüre fragt Robert: „Mama, hörst du was? Wer klingt denn da durch?“

Marei: „Der Wagner!“

Robert: „Ja, und wie! . . . Und wer klingt jetzt durch?“

Marei: „Ja, der Beethoven.“

Robert: „Ja, genau! Und jetzt?“

Marei: Jetzt kommt es mir ein bisschen vor wie die Italiener.

Robert: „Wie wer?“

Marei: „Wie der Rossini.“

Robert: „Genau! Genau!“

Marei: „Jetzt kommt das von der Wolfsschlucht, das ist mir zu gruselig.“

Robert springt auf und sagt: „Waldweben! Hörst du das? [Szene aus der Wagner-Oper Siegfried] Wenn der Carl Maria von Weber älter geworden wär, dann wär es für den Wagner ganz schön kritisch geworden!“

Robert: „Du, der Sänger, wie gefällt dir der? Was könnte der noch singen?“

Marei: „Der könnte zum Beispiel den Gurnemanz im Parzival singen.“

Robert: „Genau, spielend brächte der das über die Runden. Weißt was, Mama, mit der Musik bist du ein ganz verrecktes Luder.“

45

Der Kater Volker

Auf dem Hof gibt es außer den Kühen und dem Jungvieh noch zahlreiche Katzen. Diese finden die freundliche Zuneigung der Hausbewohner und auch die Feriengäste auf dem Bauernhof spenden so manches Näpfchen Katzenfutter. Die Ferienkinder taufen nicht nur die neugeborenen Kälbchen drüben im Kuhstall, auch die Katzenkinder bekommen Namen. Der grau getigerte Kater heißt Felix, der glatte graue ist der Admiral Nelson, schwarzweiß ist das Fell vom Kleinerle, und Kipp Kater wird der dicke rote Kater genannt. Gritteli und Heidrun sind die dreifarbigen Kätzinnen.

Schon ganz zeitig im Frühjahr bekam Gritteli ein einziges Junges mit einem prächtigen getigerten Fell. Das ganz kompakte, kerngesunde Katerchen wurde Volker getauft, wuchs rasch heran und war recht zutraulich; gerne ließ er sich streicheln, alle liebten ihn.

Es kam die Zeit, wo der jugendliche Volker eigene Wege ging, Mäuse fing und mit den anderen Katzen herumtollte. Sogar die breite Gemeindestraße wollte er überqueren – das war sein Verhängnis. Er wurde von einem Auto erfasst und schwer verletzt, zog das hintere Gestell nach und hatte offensichtlich große Schmerzen. Zum Tierarzt sollte er gebracht werden, ließ sich aber nicht anfassen. Er verkroch sich oben in der Scheune und machte der gängigen Erkenntnis alle Ehre, dass Katzen ein zähes Leben haben.

Volker erholte sich langsam wieder, hatte aber zu den Menschen ein gestörtes Verhältnis. Keiner konnte ihm schließlich erklären, dass nicht die Bauernfamilie schuld war, dass er so leiden musste. Er ging fort und wurde nur noch selten gesehen, ab und zu sah man ihn am Maisfeld entlang schleichen.

Ganze vier Monate kam Volker nicht mehr heim. Plötzlich stand er nach neun Uhr abends an der Haustüre. War das eine Freude! Er stürzte sich auf die Milchschüssel und den Futternapf. Der Bauer, der schon geschlafen hatte, stand eigens noch einmal auf, um Volker zu begrüßen. Es war aber nur ein Kurzbesuch. Nach drei Tagen war Kater Volker wieder verschwunden, keiner hat ihn mehr gesehen. Trotzdem haben alle gehofft, dass er wieder heimkehren wird, der Volker. „Ihr werdt's schon sehen," sagte der Bauer, „wenn es kalt wird, kommt er bestimmt wieder heim."

Es wurde kalt, bitter kalt. Volker kam nicht. Da hat sogar der Bauer die Hoffnung aufgegeben: „Wenn er jetzt nicht gekommen ist, wird er nicht mehr leben, wahrscheinlich ist er im Wald herumgestreunt und der Jäger hat ihn erschossen."

„Da gibt es schon noch eine andere Möglichkeit," meinte die Bauersfrau, „vielleicht hat der Volker gute Menschen gefunden, die ihn aufgenommen und gut versorgt haben."

„Und was sind wir?", fragte die junge

Bäuerin [die Tochter], „sind wir keine guten Menschen? Haben wir ihn nicht gut gefüttert und oft gestreichelt?"

Der Winter kam mit Eis und Schnee, die vierte Adventskerze brannte schon – Volker kam nicht. „Ihr müsst euch jetzt damit abfinden, dass er nicht mehr am Leben ist", sagte der Bauer.

„Es wäre mein schönstes Weihnachtsgeschenk, wenn der Volker noch leben würde", meinte die junge Bäuerin.

Der Heiligabend kam, die Stallarbeit war getan und das Abendessen vorüber. Die Familie versammelte sich im Sonntagsg'wand in der Wohnstube vor der Weihnachtskrippe, der Vater las das Weihnachts-Evangelium vor. Die ganze Stube duftete nach Tannenzweigen, Lebkuchen und Punsch. Der wunderschön geschmückte, zimmerhohe Christbaum stand da im Kerzenlicht, gerade versprühten die Sternwerfer ihre Funken, da rührte sich etwas am Fenster ... „Schaut da nicht der Volker beim Stubenfenster herein?" Und wirklich, er war heimgekommen! ausgerechnet zur Bescherung, so wie es sich die junge Bäuerin gewünscht hatte. Ab jetzt war er der Weihnachtskater.

Ins Leben schleicht das Leiden
sich heimlich wie ein Dieb,
wir alle müssen scheiden
von allem, was uns lieb.

Was gäb' es wohl auf Erden,
wer hielt den Jammer aus,
wer möcht' geboren werden,
hieltst du nicht droben Haus.

Du bist's, der, was wir bauen,
mild über uns zerbricht,
dass wir den Himmel schauen –
– darum so klag' ich nicht.

Joseph von Eichendorff

Dank

Danken möchte ich vor allem der Familie,
aus deren Leben diese Geschichten gewoben sind.
Besonders danke ich für das Überlassen der Familienfotos.
Manche Fotos stammen aus örtlichen Archiven;
danke denen, die sie herausgesucht haben.
Ein großer Dank geht an Frau Dr. Barbara von Wulffen,
die das Manuskript lektoriert hat. Sie hätte es, so sagte sie,
einmal mehr als nötig gelesen, weil ihr die Geschichten
so viel Vergnügen machten. Barbara Nupnau und
Claudia Németh, Stammgäste in Arxtham, haben das
Manuskript gelesen und das Vorhaben mit gutem
Rat unterstützt. Wie immer danke ich meinem Verleger
Bernhard Müller, dass er zusammen mit dem
Grafiker Manuel Kimmerle die Geschichten von
Marei so schön eingekleidet hat.

Gabriele Kuby